UN OASIS DE PASIÓN

Susan Stephens

HARLEQUIN™

Editado por Harlequin Ibérica.
Una división de HarperCollins Ibérica, S.A.
Núñez de Balboa, 56
28001 Madrid

© 2018 Susan Stephens
© 2019 Harlequin Ibérica, una división de HarperCollins Ibérica, S.A.
Un oasis de pasión, n.º 2730 - 2.10.19
Título original: The Sheikh's Shock Child
Publicada originalmente por Harlequin Enterprises, Ltd.

I.S.B.N.: 978-84-1328-487-3
Depósito legal: M-27190-2019
Impreso en España por: BLACK PRINT
Fecha impresion para Argentina: 30.3.20
Distribuidor exclusivo para España: LOGISTA
Distribuidor para México: Distibuidora Intermex, S.A. de C.V.
Distribuidores para Argentina: Interior, DGP, S.A. Alvarado 2118.
Cap. Fed./Buenos Aires y Gran Buenos Aires, VACCARO HNOS.

Este libro ha sido impreso con papel procedente de fuentes certificadas según el estándar FSC, para asegurar una gestión
responsable de los bosques.

Capítulo 1

UN PUÑADO de brillantes zafiros cayeron en cascada de la mano del jeque ante la asombrada mirada de Millie Dillinger, una chica de quince años. El ver a su madre abrazada a aquel hombre, baboso y repelente como un sapo, la repugnaba.

Estaban a bordo del enorme yate del jeque, atracado en el puerto. Una limusina con matrícula diplomática la había recogido a la salida del instituto y la había llevado allí. *El Zafiro*, el yate del jeque Saif al Busra bin Khalifa, era muy lujoso, pero, igual que el jeque, su interior era más bien siniestro, y no podía dejar de mirar hacia atrás, buscando la manera de escapar de allí, aunque sabía que no le sería fácil. Dos guardias armados la flanqueaban, y había varios más distribuidos por el salón en el que se encontraban.

No podía decirse que hubiera mucha estabilidad en su vida, pero aquella situación la asustaba. Su madre era impredecible, y siempre le tocaba a ella mantener el barco a flote. Tenía que sacar a su madre de allí… si es que podía.

A diferencia del interior luminoso y elegante de otros yates que había visto en las revistas, el salón en el que estaban era lúgubre y el ambiente sofocante.

Unas pesadas cortinas no dejaban pasar la luz del exterior, y olía como a cerrado, como a armario viejo, pensó arrugando la nariz.

El jeque y sus invitados estaban mirándola fijamente, haciéndola sentirse como si fuera parte de un espectáculo en el que no quería participar.

Ver a su madre en los brazos de aquel hombre hacía que se le revolviese el estómago. Aunque perteneciese a la realeza y estuviese acomodado en el lugar de honor, sobre una tarima alfombrada con grandes cojines de seda bajo un dosel dorado, era repulsivo. Había contratado a su madre, Roxy Dillinger, para que cantara en su fiesta, y había expresado su deseo de que ella asistiese también, aunque Millie no entendía qué pintaba allí.

–Hola, jovencita –la saludó el jeque en un tono lisonjero que la hizo estremecer–. Me alegra que hayas venido –añadió, haciéndole señas para que se acercara.

Ella no se movió, pero su madre, que tenía una copa de champán en la mano y parecía que ya estaba ebria, le siseó al jeque entre dientes:

–Se llama Millie.

Él la ignoró, como si le diera igual cómo se llamase, y volvió a hacerle señas para que se acercara, esa vez con impaciencia. Millie miró a su madre implorante, rogando para que se excusara y le dijera que tenían que irse, pero no captó la indirecta.

Aún era muy hermosa, pero casi siempre estaba triste, como si supiera que sus días de gloria habían tocado a su fin. Ella sentía la necesidad de protegerla, y tembló de indignación al ver que algunos de los invitados disimulaban risitas maliciosas. A veces se sentía como si ella fuera la adulta y su madre fuera una chiquilla.

–¿Lo ves, Millie? Esta es la clase de vida que podrías tener si te hicieras artista, como yo –dijo su madre levantando la copa y echándose encima parte del champán.

Millie contrajo el rostro, horrorizada ante esa idea. Su sueño era estudiar Ingeniería Marítima. Los invitados del jeque la miraban expectantes. ¿Pero qué era lo que estaban esperando que pasara?, se preguntó. No debería estar allí, ni su madre tampoco, y si su madre empezase a cantar sería aún peor. Se había embutido en un vestido de noche barato y sugerente, y solo podría interpretar un puñado de canciones con esa voz estropeada por el tabaco, para unas personas a las que seguramente les daba igual que antaño se la hubiera llegado a conocer como el Ruiseñor de Londres.

Pero a ella sí le importaba. Quería profundamente a su madre, y se apoderó de ella el mismo instinto protector que mostraría una leona para defender a sus cachorros. Hizo caso omiso de la impaciencia del jeque y le dijo a su madre tendiéndole las manos:

–Es hora de irnos a casa. Por favor, mamá…

–No seas ridícula. Si aún no he cantado… –la increpó su madre, recorriendo con la mirada a su público, que no parecía precisamente embelesado–. Oye, ¿y si cantas tú para estas personas, Millie? –le preguntó en un tono diferente–. Tiene una voz preciosa –le dijo al jeque–. Aunque su voz no tiene tanta fuerza como la mía, ni es tan pura, claro –añadió, abrazándose de nuevo a él.

El modo en que el jeque estaba mirándola hizo a Millie sentir escalofríos, pero no bajó la vista.

–Si vuelves a casa conmigo, te compraré unos pasteles por el camino –le prometió a su madre para intentar convencerla.

Algunos invitados del jeque se rieron de un modo desagradable, pero él les impuso silencio con un gesto.

–Jovencita, tengo a bordo a un repostero de fama mundial. Tu madre y tú podréis tomar todos los pasteles que queráis… pero tienes que ganártelo cantando para nosotros.

Millie sospechaba que lo que el jeque quería no era oírla cantar. Con sus trenzas y sus serios modales, seguramente era una novedad para sus sofisticados huéspedes, que habían empezado a corear su nombre. Pero al contrario que su madre, que parecía verlo como un halago, Millie sabía que estaban burlándose de ella y de la forma más cruel. Con las mejillas ardiendo por la vergüenza que sentía, le suplicó a su madre:

–Por favor, mamá, o necesitas el dinero del jeque. Haré un turno extra en la lavandería…

Nuevas risas chillonas ahogaron su voz.

–Canta, Millie –insistió su madre.

A Millie le encantaba cantar, y hasta se había apuntado al coro de su instituto, pero lo que de verdad la apasionaba era descubrir cómo funcionaban las cosas. Había conseguido un trabajo a tiempo parcial en una lavandería, y con lo que ganaba confiaba en poder pagarse la carrera que quería estudiar.

Los invitados seguían coreando su nombre: «Millie… Millie… Millie…». Miró a su madre. Se le había corrido el rímel y parecía agotada.

–Mamá, por favor, vámonos…

–No os vais a ningún sitio –murmuró el «sapo»

desde la tarima. A su señal, los guardias la rodearon, cortándole cualquier vía de escape–. Acércate, jovencita… –le dijo con una voz melosa que la hizo estremecer–. Hunde tus manos en mi cuenco de zafiros; te ayudarán a inspirarte para cantar, como a tu madre.

Millie dio un paso atrás.

–Toca mis zafiros… –le insistió el jeque en ese mismo tono hipnótico–. Siente su fría magnificencia…

–¡No te acerques a él!

Aquella orden, que gritó una voz gélida, sobresaltó a todos los presentes, como si se hubiera oído un disparo. Millie se volvió y vio a un hombre alto y fuerte acercándose a grandes zancadas. Los guardias se hicieron a un lado y el jeque apretó los labios.

Era un hombre joven, alto, fuerte, e increíblemente atractivo, la idea de Millie del prototipo de héroe romántico.

–Vaya, hermano, tan puritano como siempre… –murmuró el jeque.

Un gemido ahogado escapó de la garganta de Millie. «¿Hermano?» ¿Aquel joven era hermano del sapo baboso? Si no se parecían en nada… Además, mientras que el jeque la hacía estremecer de repugnancia, su hermano tenía un efecto muy distinto en ella.

Contrajo el rostro al ver al jeque estrechar con más fuerza a su madre, como si, al verse desafiado por su hermano, pretendiera reivindicar que era de su propiedad.

–¿Nunca has sentido curiosidad por explorar las diferencias entre una generación y otra? –le espetó al recién llegado, mirándolos a él, a su madre y a ella.

—Me das asco —lo increpó su hermano—. No es más que una niña —añadió, posando un momento sus ojos en ella.

Fue algo muy breve, pero Millie sintió como si esa mirada la atravesara. Había ira en sus ojos, pero también preocupación por ella, y eso la hizo sentirse protegida.

—No me puedo creer que hayas caído tan bajo como para traer a una chiquilla a una de tus depravadas fiestas —masculló el joven con desprecio.

—¿Por qué no? —replicó el jeque, encogiéndose de hombros—. Es muy bonita. ¿No quieres que te la deje para que te diviertas un poco cuando haya acabado con ella?

—Yo no soy como tú.

—Eso es evidente —concedió el jeque—. Pero no es asunto tuyo con qué me entretenga en mi tiempo libre.

—Sí lo es cuando con tus actos traes el descrédito a nuestro país.

Millie se fijó en que el hermano del jeque había captado la atención de todos los presentes, y no era de extrañar, con esa piel de bronce y ese ensortijado cabello negro como el azabache. Tenía el cuerpo de un gladiador, los ojos fieros de un halcón y sus afilados pómulos y sus elegantes cejas le daban un aire aún más exótico.

—Me repugnas —reiteró—. Vuelvo de luchar junto a nuestros hombres y te encuentro entregándote a las diversiones más depravadas que cabría imaginar. Y supongo que no pararás hasta que hayas puesto de rodillas a nuestro país.

—A nuestro país no sé, pero tal vez… —murmuró el jeque, lanzándole una mirada lasciva a Millie.

Ella gimió, sorprendida, cuando el hermano del jeque le rodeó los hombros con el brazo, en un gesto protector.

—No dejaré que la toques.

El jeque agitó la mano con pereza.

—El príncipe Khalid se toma todo demasiado en serio —dijo, mirando a sus invitados—. Siempre has sido igual —añadió, posando de nuevo los ojos en su hermano—. Pero te agradecería que no me dieras la murga con tu sensiblería —le lanzó irritado.

—¿Llamas «sensiblería» a que me preocupe nuestra gente? —le espetó Khalid, apartándose de Millie—. ¿Dónde estabas cuando nuestro país te necesitaba, Saif? —lo increpó—. Dejaste desprotegidas nuestras fronteras y pusiste a nuestra gente en peligro. Deberías avergonzarte —concluyó con un gélido desdén.

—Eres tú quien deberías avergonzarte de haberles arruinado la velada a mis invitados —apuntó el jeque con despreocupación—. Y deberías disculparte.

Khalid sacudió la cabeza.

—Ven, voy a sacarte de aquí —le dijo a Millie con aspereza—. Y, si usted tuviera un mínimo de sentido común —añadió mirando a su madre—, se iría también.

Por toda respuesta, Roxy hizo un mohín y ocultó el rostro en el hombro del jeque.

—¿Es eso lo que quieres? —le preguntó el jeque a Millie.

—¡Sí! —casi gritó ella—, pero no me iré de aquí sin mi madre. Mamá, por favor… —la instó de nuevo.

Era inútil; su madre no se movió.

—Al menos llévate unos zafiros —le sugirió el jeque a Millie en un tono burlón.

–¡Ni los toques! –le advirtió su hermano.

–¡Como si se me hubiera pasado por la cabeza! –exclamó ella.

Era difícil que nadie lograra sacarla de sus casillas, no solía perder los estribos, pero la ofendía que hubiera pensado siquiera que se dejaría comprar con unos zafiros.

El príncipe Khalid esbozó una pequeña sonrisa al mirarla, y le pareció ver respeto en sus ojos.

–Eres una desgracia para nuestra estirpe –increpó este al jeque–. Si no fueras el gobernante de Khalifa…

–¿Qué harías? –inquirió el jeque en un tono meloso–. Soy un obstáculo para tu ambición de ocupar el trono, ¿no es así? –le espetó. Luego, dirigiéndose a sus invitados, abrió los brazos en un gesto teatral y dijo–: Mi pobre hermano no puede soportar que las cosas no sean como él querría que fueran. ¡Qué aburrida sería la vida contigo al frente del país, Khalid!

–Me llevo a la chica –reiteró el príncipe–, y cuando vuelva más vale que su madre ya no esté aquí. Su hija no debería pasar la noche sola.

El jeque lo miró con indiferencia.

–Pero no la pasará sola, ¿a que no, Millie? Te tendrá a ti a su lado –murmuró con una sonrisa burlona.

Millie, que temía por su madre, imploró al príncipe cuando le puso una mano en la espalda para sacarla de allí:

–No puedo dejar a mi madre aquí.

El príncipe Khalid la agarró con firmeza por el brazo y le dijo:

–No sé qué se te estará pasando por la cabeza, pero tú te vas de aquí ya.

–No me iré sin mi madre –insistió ella obstinada-
mente.

–¡Llévesela de una vez! –le gritó enfadada su madre a Khalid. Se había levantado y tenía los puños
apretados–. Eres una aguafiestas –increpó a Millie–.
¡Nunca me dejas divertirme!

Sus palabras hicieron que Millie sintiera una punzada de dolor en el pecho, pero Khalid la arrastró
con él fuera del salón, y estaba tan aturdida que ni
siquiera oyó el golpe seco de la puerta cerrándose
tras ella, y su último recuerdo de esa noche sería la
voz de su madre, gritándole que se fuera.

–¿Cómo te llamas? –le preguntó Khalid a la chica
mientras se dirigían a cubierta.

Estaba tensa, y muy pálida. Tenía que conseguir
que hablara, que se olvidase por unos momentos del
mal trago por el que estaba pasando. Estaba tan callada… Al principio ella permaneció en silencio un
buen rato, pero luego, para su alivio, le contestó en
un susurro forzado:

–Millicent.

–¿Millicent? –repitió él–. Es un nombre bonito;
me gusta.

Aquel nombre iba bien con su expresión seria, sus
gafas y sus trenzas.

–Pero todo el mundo me llama Millie –añadió ella
tímidamente.

Cuando salieron a cubierta, los envolvió el aire
limpio del océano. Al llegar a la rampa de desem-
barco, Millie se detuvo y miró hacia atrás antes de
volverse hacia el príncipe.

–¿Podría hacer algo por mí? –le preguntó.

–Si está en mi mano…

–¿Convencerá a mi madre para que se marche? –le suplicó ella–. Puede que a usted le escuche. ¿Podría pedirle un taxi y mandarla a casa? Tengo algo de dinero; puedo pagarle…

–Veré qué puedo hacer.

–Por favor –insistió ella–, prométame que lo intentará.

–Te lo prometo. Y ahora vete –dijo Khalid señalándole un vehículo que estaba parado junto a la acera. Era la misma limusina que la había llevado allí–. Dale la dirección al chófer y te llevará a casa.

–Pero… ¿y mi madre? –insistió Millie, mirando de nuevo hacia atrás.

–Haré lo que pueda –respondió él. Apretó la mandíbula, repugnado ante la idea de tener que volver al interior del yate–. Y no vuelvas a hacer algo así de imprudente –añadió en un tono severo.

–No lo haré –respondió ella con fiereza.

Khalid siguió al vehículo con la mirada mientras se alejaba con la chica sentada en el asiento de atrás. Con la mochila a su lado y las manos entrelazadas sobre el regazo, iba con la vista al frente. ¡Qué contraste con su madre!, exclamó para sus adentros. Y lo último que pensó antes de subir de nuevo la rampa de embarque fue que Millie era una buena chica y no se merecía pasar por algo así.

Capítulo 2

Ocho años después...

—Ya está, ya funciona —anunció Millie satisfecha, apartándose de la caldera que acababa de reparar.

—Eres una joya —dijo la señorita Francine. Llevaba trabajando en la lavandería toda su vida, y ahora, cuando era octogenaria, se había convertido en la propietaria del negocio. Sonrió a Millie y le dio un abrazo—. No conozco a nadie que tenga tu paciencia para conseguir que estas viejas máquinas sigan funcionando. ¿Qué haría yo sin ti?

—Tendríamos que bajar al río a lavar las sábanas a mano, frotándolas contra una piedra —contestó con sorna la joven Lucy, una de las empleadas.

Millie le sonrió, tomó el lápiz que llevaba atravesado en el recogido que se había hecho esa mañana, y empezó a apuntar en una libreta los pasos a seguir para encender la vieja caldera si fallaba otra vez cuando volviera a sus prácticas como ingeniera marítima.

—Claro que... si se te ocurriera hacer eso con las lujosas sábanas de seda del jeque de Khalifa —apuntó Lucy con una sonrisa traviesa—, te pasaría por la quilla o... ¿qué pasa? —inquirió al ver que Millie y la señorita Francine se habían quedado mirándola con espanto.

–Nada –musitó Millie. Se obligó a relajar el rostro y le lanzó una mirada de advertencia a la señorita Francine para que no dijera nada–. Es que no sabía que había regresado el yate del jeque, eso es todo.

–¡Pero si es enorme! –exclamó Lucy, abriendo los brazos como un pescador explicando con gestos exagerados el tamaño de su última captura–. Si no llevaras toda la mañana trasteando con la caldera lo habrías visto atracar esta mañana en el puerto.

–¿Y cuándo han traído esas sábanas? –inquirió la señorita Francine, tratando de cambiar de tema de conversación–. ¿Dónde están?

Lucy fue a la mesa donde las había dejado para mostrárselas.

–Hará una media hora. Han dicho que tuviéramos cuidado al lavarlas porque son muy delicadas.

–Pues con un yate de ese tamaño en el puerto tendremos que espabilarnos, porque nos va a salir el trabajo por las orejas con todo lo que nos traerán para lavar –dijo la señorita Francine–. Espero que no se nos estropee también la planchadora –añadió inquieta.

–No te preocupes, si se estropea la arreglaré también –la tranquilizó Millie.

Cuando Lucy y los demás empleados estaban enfrascados en sus tareas, la señorita Francine le preguntó a Millie con discreción:

–¿Seguro que estás bien?

–Claro –asintió Millie–. Me encargaré de supervisar el lavado, el secado y el planchado de esas sábanas y las llevaré yo misma al yate –le aseguró en un tono grave.

–No tienes por qué hacer eso –replicó la señorita Francine, mirándola preocupada–. Ya las llevaré yo.

—Quiero hacerlo –insistió Millie–. Es una cuestión de orgullo.

Tenía que demostrarse que podía hacerlo. Además, después de ocho años buscando pistas para poder esclarecer la muerte de su madre, tal vez aquello supusiera una oportunidad.

—Bueno, si estás segura, no seguiré intentando disuadirte –respondió la señorita Francine–. Aunque no sé si creerte cuando dices que estás bien.

—Estoy bien, de verdad –insistió Millie, tratando de parecer animada.

A su anciana amiga, sin embargo, no la convenció demasiado. Mientras entre las dos metían las sábanas en un saco de algodón que usaban para los tejidos más delicados antes de lavarlos, Millie añadió:

—Hacía mucho que no venía con su yate por aquí. Supongo que después del accidente el jeque Saif se ha visto obligado a permanecer por un tiempo fuera del país.

—Millie…

El tono preocupado de la anciana la hizo alzar la vista.

—¿Qué ocurre?

—Debería habértelo dicho –murmuró la señorita Francine, sacudiendo la cabeza con pesar–: no es el jeque Saif quien está a bordo de *El Zafiro*. Murió hace unos años; por su obesidad, según la prensa –añadió con una mueca de desagrado. Millie estaba demasiado aturdida como para hablar–. Tú estabas fuera, haciendo prácticas en esa plataforma petrolífera.

—Pero entonces… –balbució Millie–, ¿quién está a bordo del yate?

–Su hermano, el jeque Khalid –contestó la señorita Francine.

Millie se sintió como si se hubiese quedado sin
aire.

–La muerte del jeque Saif apenas ocupó una pequeña columna en los periódicos, y estabas tan animada cuando volviste que no quise contártelo por no
hacerte recordar el pasado.

–Gracias –murmuró Millie.

–No tienes que agradecerme nada –replicó la señorita Francine, poniéndole una mano en el hombro.

Las dos se quedaron calladas. Millie había estado
trabajando los sábados en la lavandería cuando había
ocurrido la trágica muerte de su madre, y la señorita
Francine le había ofrecido un lugar donde vivir. Y
desde entonces la buhardilla que había encima de la
lavandería se había convertido en su hogar.

–Claro, nadie me mencionó que el jeque Saif hubiera muerto –murmuró Millie aturdida–. ¿Por qué
ibais a contármelo? –añadió encogiéndose de hombros. ¿Eran imaginaciones suyas, o estaba rehuyendo
su mirada la señorita Francine?, se preguntó–. Perdóname, te debo tanto… No debería estar echándote
eso en cara –murmuró, dándole un abrazo a la anciana.

Cuando la señorita Francine se hubo alejado, Millie se puso a trabajar, pero no pudo evitar que la
asaltaran recuerdos del príncipe Khalid. Nadie le
había causado jamás una impresión tan profunda. La
había impactado, y también la había confundido.
Lo había tomado por un héroe, pero había resultado
ser algo muy distinto. No había rescatado a su madre; la había defraudado. En algún momento de

aquella terrible noche, años atrás, su madre había caído al agua desde la cubierta de *El Zafiro*... o alguien la había empujado.

Se armó de valor y se acercó a la ventana, desde donde se veía el puerto. Era imposible no ver *El Zafiro*. Era tan grande como un transatlántico, y el mayor de los barcos allí atracados. Era como una llamada del destino que no podía ignorar, y trató de no exteriorizar lo tensa que estaba cuando volvió la señorita Francine.

–Lo han reacondicionado por completo –le explicó la anciana–. Cuando el jeque Khalid subió al trono tras la muerte de su hermano, insistió en que se desensamblara y reacondicionara el yate. Se dice que lo ha dotado de la última tecnología –se quedó callada un buen rato y añadió con suavidad–: Tienes que dejar atrás el pasado, Millie.

–Es un buen consejo –murmuró la joven. Sabía que la señorita Francine solo intentaba ayudarla–. Y de verdad que no tienes que preocuparte, estoy bien –insistió, tranquilizando a su amiga con una sonrisa–. Mi vida está aquí, contigo, y es una vida muy distinta de la que tenía a los quince años. Me has dado un hogar feliz en el que me siento a salvo, y me proporcionaste un trampolín para poder tener una carrera profesional. Nunca podré agradecértelo lo bastante.

–No hace falta que me des las gracias –le aseguró la señorita Francine–. No podría quererte más si fueras mi hija.

Mientras se abrazaban, Millie se dijo que a quien desde luego no le debía nada era al jeque de Khalifa. Solo sentía desprecio hacia él porque la había defraudado. Había estado a bordo de *El Zafiro* la noche de la muerte de su madre, y se había asegurado de evitar que su hermano fuera juzgado.

–Llevaré las sábanas al yate y antes de que te des cuenta ya estaré de vuelta –le dijo con confianza a su vieja amiga.

Y estaba decidida a hacerlo, aunque solo fuera para demostrarse a sí misma que el pasado ya no podía hacerle daño.

Vestido con una túnica de seda negra con ribetes dorados, Khalid estaba impaciente por quitarse esa ropa y ponerse algo más informal, como solía hacer cuando estaba a bordo de *El Zafiro*. Sin embargo, antes de que pudiera relajarse, aún tenía asuntos de negocios que atender. Acababa de recibir a una delegación del Ayuntamiento para pedirle que apoyara su plan para la juventud, y por eso llevaba ese atuendo tan pomposo. Aquella gira alrededor del mundo ya duraba demasiado, se dijo mientras rubricaba el documento que proveería de fondos a su más reciente proyecto.

Giró la cabeza hacia la escotilla de su estudio, y reflexionó sobre la importancia del lugar en el que se encontraba, King's Dock. Allí era donde había concebido su Fondo de Ayudas a la Educación, por un incidente que había cambiado su vida. Jamás había pensado que volvería allí, pero había decidido que no iba a dejar pasar la oportunidad de ayudar a los jóvenes necesitados a abrirse camino en la vida. El Ayuntamiento había solicitado su colaboración, y por eso estaba allí.

Cerró los ojos y se masajeó el cuello con la mano. Pensó con añoranza en el calor seco del desierto y las refrescantes aguas del oasis, pero el recuerdo de aquella terrible noche, años atrás, lo asaltaba una y otra vez. Echó la silla hacia atrás, apartándose de su escritorio para levantarse, y, cuando oyó que llamaban a la puerta, agradeció aquella distracción.

—Adelante.

La puerta se abrió. Era el ama de llaves.

—El Camarote Dorado está casi preparado para que lo inspeccione, Majestad.

—Gracias. Por favor, avíseme cuando hayan terminado con los últimos toques y la informaré si es necesario hacer algún cambio más.

—Por supuesto, Majestad.

El ama de llaves le hizo una reverencia y se marchó, cerrando tras de sí.

Khalid no supervisaba todos los camarotes de invitados, pero aquel era para un invitado especial, su viejo amigo Tadj, también conocido como Su Excelencia, el emir de Qalala. Tadj y él habían ido juntos al colegio y la universidad y se habían alistado juntos en las Fuerzas Especiales.

Khalifa y Qalala eran socios comerciales, y tenían valiosas minas de zafiros adyacentes en las montañas de Khublastan. De hecho, en esa misma región convergían las fronteras de varios países.

Estaba impaciente por que llegara Tadj. Las relaciones entre Khalifa, tras el tumultuoso reinado de Saif, y Qalala volvían a ser estables, y él hacía varios años que no se tomaba un descanso. Pero ahora que se había rodeado de un buen equipo diplomático podía permitírselo. Aquel viaje era una oportunidad para fortalecer la relación entre ambas naciones, y también tendría ocasión de sopesar la posibilidad de contraer matrimonio. Tadj podría aconsejarle sobre las princesas casaderas… o quizá mejor no, pensó con sorna. Tadj, que era un donjuán, no era el más indicado para dar esa clase de consejos.

Como no quería darle vueltas a eso en ese momento, volvió a centrar sus pensamientos en su reino, Khalifa, el más hermoso de los países. La prosperidad de los últimos años había permitido que surgieran modernas ciudades, como espejismos en medio del océano de arena, y aunque a un visitante casual el desierto podía parecerle un entorno hostil, la verdad era que bullía de vida, sobre todo en las inmediaciones de los oasis, donde los animales que tanto amaba, el íbice y el órix, prosperaban bajo su protección.

El cristalino océano proveía comida más que suficiente para su pueblo, y las pavorosas montañas cubiertas de nieve escondían vetas de zafiros que les proporcionaban los ingresos necesarios para costear la seguridad, la educación y los servicios sanitarios. Para él no había ningún lugar en el mundo que pudiera compararse con Khalifa, y su espíritu se elevaba al pensar en su amada patria.

Iba a salir del estudio cuando vio por la escotilla algo que llamó su atención. En el muelle, azotado por la lluvia, se estaba gestando un pequeño drama. Una figura ataviada con un chubasquero con capucha estaba intentando acceder al yate por la pasarela, pero uno de sus hombres le estaba cortando el paso. Por su estatura y sus pequeñas manos era evidente que era una mujer, que gesticulaba vigorosamente mientras hablaba con el guardia, como para dejarle claro que tenía prisa y que debía dejarla subir a bordo. Tenía a su lado un gran contenedor con ruedas, que era lo que el guardia, con toda la razón porque era su labor, estaba intentando inspeccionar.

Ella sacudió la cabeza y señaló el cielo, como indicándole lo obvio: que la lluvia estropearía lo que transportaba en el contenedor. Otro de los guardias tuvo el buen acierto de acercarse con su perro, al que hizo que olfateara a conciencia el contenedor antes de dejarla pasar.

Khalid se apartó de la escotilla. Como pronto llegarían sus huéspedes, no era nada fuera de lo común que llegase alguien para entregar alguna mercancía. Cuando salió del estudio casi se chocó con un oficial que se cuadró ante él.

–Le traigo un mensaje de la mina, Majestad –lo informó.

–¿De la mina? –repitió él preocupado.

–Son buenas noticias.

Khalid se relajó al oír eso.

–Cuénteme.

El oficial apenas pudo contener su entusiasmo.

–La nueva veta de zafiros es casi diez veces mayor de lo que se pensó en un principio, Majestad.

–¡Vaya, ya lo creo que es una buena noticia!

Cuando el oficial se hubo retirado, Khalid volvió a entrar en el estudio para hacer una llamada y felicitar al equipo. Jusef, el gerente de la mina, se puso al teléfono, y tras una animada charla de un par de minutos se despidió de él, prometiéndole que pronto estaría de regreso en Khalifa y lo celebrarían.

Luego abandonó su estudio de muy buen humor. Tenía el tiempo justo para ir a supervisar los preparativos del camarote de Tadj, y luego se daría una ducha y se arreglaría para la velada. Iba a ser una fiesta muy distinta de las que había celebrado su difunto hermano allí, a bordo de *El Zafiro*. Los invitados serían personas con quienes se podía tener una conversación interesante y enriquecedora, y no habría excesos de ningún tipo.

Capítulo 3

VOLVER a *El Zafiro* no fue tan fácil como Millie se había imaginado. El corazón había empezado a latirle como un loco desde el momento en que había subido a bordo. El pasado ya no podía hacerle daño, se dijo. Las cicatrices de aquella noche de años atrás no la habían hecho más débil, sino más fuerte. Sin embargo, por más que se lo repetía no conseguía calmarse, y los recuerdos acudieron en tropel a su mente. La garganta se le secó cuando el guardia la condujo hacia las impresionantes puertas de doble hoja por las que se accedía al interior del yate.

Antes de entrar, se detuvo un momento e inspiró profundamente. Lo primero en lo que se fijó fue en que ya no flotaba en el aire aquel olor empalagoso que recordaba. Ocho años atrás no había sabido identificarlo, pero intuía que debía de haber sido olor a cannabis. Ahora olía a limpio, y el aire era tan fresco como en el exterior. No se veía ni una mota de polvo, ni una colilla de cigarrillo, ni un botellín vacío rodando por el suelo. Tampoco se oía música estridente, ni risas crueles; solo el murmullo casi imperceptible de la maquinaria del yate.

Un miembro de la tripulación se acercó para hacerse cargo del carro, pero al ver el estado en el que se hallaba le sugirió que tal vez sería mejor descargarlo allí mismo.

–Sí, por supuesto –asintió ella–. Perdone, no me había dado cuenta de que las ruedas se habían llenado de barro –se disculpó. Ni había visto las huellas que había dejado en el inmaculado suelo, pensó azorada al mirar hacia atrás.

El hombre le pidió que se quitara el chubasquero y le tendió unos cubrezapatos desechables de plástico. Millie quería dejarle una nota al jeque Khalid para pedirle que la recibiera, y se preguntó, mientras se ponía los cubrezapatos, si aquel empleado podría pasársela a algún superior que se la entregara al jeque. Aunque probablemente él se negaría a recibirla, tenía que intentarlo.

El empleado la ayudó a descargar las sábanas y le pidió que lo siguiera hasta el camarote de invitados al que pertenecían para que las colocara en la cama. Pasaron por otra puerta de doble hoja y entraron en un mundo de un lujo que jamás se habría podido imaginar.

Los cuadros que colgaban de las paredes eran muy hermosos, igual que los adornos de valor incalculable que se exhibían en vitrinas de cristal. Le habría encantado pararse a admirarlos. Llevaban tanto rato andando que estaba empezando a preguntarse cuándo llegarían a su destino. El yate era más grande de lo que recordaba, aunque también era cierto que hacía ocho años solo había visto de él el gran salón. Podría perderse y que nunca se volviera a saber de ella. Como su madre. No era momento de pensar en esas cosas, se dijo. Había ido allí por su trabajo y en cuanto hubiera terminado se largaría de inmediato de allí.

«Millie Dillinger…», murmuró Khalid para sus adentros, mientras se dirigía a la zona de los camarotes de invitados. El nombre de aquella chica había quedado grabado a fuego en su mente para siempre. ¿Cómo podría olvidar jamás los dramáticos hechos que se habían producido el día que la había conocido? Esa noche había estado tan furioso, tan enfadado por los excesos de Saif, que no había prestado a la chica la atención que debería haberle prestado. La primera impresión que había tenido de ella había sido la de una joven callada y reservada, y por eso se había llevado una sorpresa al ver que no se dejaba intimidar por él. No había mostrado deferencia alguna hacia él por su rango, ni tampoco hacia su hermano, y había sido directa y franca con él, un vivo contraste con las mujeres de su entorno, mujeres que sonreían con afectación y flirteaban con los hombres ricos y poderosos como él. Poco se podía imaginar Millie Dillinger que desde entonces no había conseguido interesarse por ninguna mujer. Ni una sola de todas las que había conocido tenía el coraje que ella había demostrado.

Cuando dobló la esquina hacia el pasillo que conducía al que iba a ser el camarote de Tadj, se encontró recordando sus intentos para persuadir a Millie de que abandonara *El Zafiro* por su propio bien, y la negativa de ella a marcharse sin su madre. En aquel momento había pensado que la hija había adoptado el papel de madre. De eso hacía ocho años; ahora tendría veintitrés, pero, recordando el fuego de sus ojos azules, estaba seguro de que era demasiado fuerte como para que los reveses la quebrasen, como le había pasado a su madre.

¡Madre mía…! Cuando llegaron a su destino, Millie se quedó boquiabierta. Aquel camarote era increíble: muebles recubiertos de pan de oro, ricas alfombras, magníficos cuadros en las paredes, silloncitos con suaves tapizados en los que daban ganas de acurrucarse… Y estaba muy bien iluminado, como el resto del yate. No había rincones oscuros, no parecía un antro de perdición. No se equivocaba la señorita Francine al decir que *El Zafiro* había sido reformado por completo.

El empleado que la había conducido hasta allí la dejó sola para que hiciera la cama y le dijo que la esperaba en el pasillo. Aquel camarote desde luego era digno de un rey, pensó Millie, mirando una vez más a su alrededor cuando hubo completado su tarea. Se miró en el ornado espejo de pie y pensó que, entre la camiseta descolorida y los viejos vaqueros que llevaba, en el improbable caso de que se cruzase con el jeque, él ni la miraría. Claro que acababa de arreglar una caldera… De hecho, aunque se había lavado las manos, aún le olían a gasoil.

Paseó de nuevo la mirada por el camarote, tratando de grabar cada detalle en su mente, para luego poder describírselo a sus amigas cuando volviera a la lavandería. No tenía la menor duda de que se partirían de la risa cuando les contara lo del tapiz erótico que había sobre la cama. Se acercó a las puertas cristaleras para apartar un poco las cortinas y escudriñar el balcón. No pudo resistirse a salir fuera, y se apoyó en la barandilla, preguntándose si su madre habría estado en aquel camarote, y si tal vez habría caído al agua desde allí. La recorrió un escalofrío.

Volvió dentro. No había nada de siniestro en aquel camarote, se dijo con firmeza. Olía a limpio y era muy bonito… dejando a un lado aquel tapiz tan lúbrico. ¿De verdad podía la gente contorsionarse de aquella manera? Ladeó la cabeza y trató de desentrañar aquella amalgama de miembros y caras, pero acabó dándose por vencida. El caso era que el camarote era fabuloso, y aquellas sábanas de seda quedaban muy bien en la cama, se dijo. ¿Quién dormiría allí?, se preguntó, frunciendo el ceño. ¿Sería una jaula dorada, a la espera de otro frágil pajarillo, como su madre?

–¿Señorita?

A Millie casi se le salió el corazón por la garganta cuando oyó abrirse la puerta tras de sí, pero solo era el empleado que la había conducido hasta allí, que quería saber si ya había terminado.

–Sí, casi –respondió ella con una sonrisa–. Enseguida salgo.

Cuando el hombre volvió a cerrar la puerta, Millie recordó los titulares de los periódicos tras la muerte de su madre:

Roxy Dillinger, el Ruiseñor de Londres, *aparece ahogada en King's Dock.*

¿De verdad había sido un accidente y se había ahogado?, ¿o la habían empujado?, se preguntó una vez más.

Estaba decidida a descubrir la verdad. No descansaría hasta que se hubiese hecho justicia a su madre, porque tenía la sensación de que se había intentado echar tierra sobre el asunto. Aprovechando su inmunidad diplomática, el jeque Saif había abandonado el país mientras su hermano, Khalid, el jeque actual, había permanecido en el Reino Unido para recoger los platos rotos. A juicio de Millie, era responsable de haber permitido que su hermano se zafase de la cárcel. La investigación forense había determinado que las drogas y el alcohol habían contribuido a que su madre se ahogase, pero… ¿quién le había dado esas drogas? Se sentó en el tocador, sacó la libreta que llevaba siempre, y se quitó el lápiz del pelo para escribirle la nota al jeque. Cuando la puerta volvió a abrirse tras ella, dio un respingo.

Khalid detestaba la ostentación, todo lo contrario que su difunto hermano, y el Camarote Dorado era para él un recordatorio de hasta qué punto la riqueza podía corromper a un hombre. Estaba seguro de que a Tadj, su invitado, no se le escaparía la ironía de que lo alojase en un camarote así cuando ellos habían dormido en una tienda de campaña durante el tiempo que habían estado sirviendo en las Fuerzas Especiales.

Tras la muerte de su hermano había hecho que remodelaran por completo el yate, aprovechando para modernizar la maquinaria, aunque había mantenido aquel camarote vintage prácticamente como estaba, y había dado mucho que hablar porque era único en su autenticidad histórica… y por el tapiz erótico que colgaba sobre la cama.

Cuando dobló la esquina y llegó allí, se encontró con un empleado apostado junto al camarote que se irguió al verlo aparecer.

–Majestad… –dijo, haciéndole una reverencia.

Khalid respondió con un asentimiento de cabeza y le preguntó qué hacía allí.

–Estoy esperando a una joven que ha venido de la lavandería para traer unas sábanas limpias. Está colocándolas en la cama. Ya debe de estar terminando.

Khalid abrió la puerta del camarote, y se quedó de piedra al ver a la joven que, al oír abrirse la puerta, se había levantado de la butaca en la que estaba sentada, y se había vuelto sobresaltada.

–¿Millie…? –murmuró Khalid–. ¿Millie Dillinger?

A pesar de los ocho años que habían pasado, habría sido imposible que no la hubiese reconocido. Había cambiado mucho –ya no llevaba trenzas, ni gafas–, pero su mirada seguía siendo firme, y eso le confirmó que su fuerza interior seguía intacta. Ahora comprendía que era la chica a la que había visto hacía unos minutos en el muelle.

Ella parecía tan sorprendida como él, y durante un buen rato se quedaron mirándose el uno al otro. Llevaba el cabello rubio recogido de una manera un tanto deslavazada, y se apresuró a clavarse en él el lápiz que tenía en la mano antes de quedarse mirándolo con expresión de no haber roto un plato en su vida.

–¿Qué estaba haciendo? –inquirió Khalid.

–Escribiéndole una nota, Majestad –contestó ella, con la misma franqueza que había mostrado años atrás–. Aunque supongo que ya no hace falta –añadió.

—¿Una nota?

—Para pedirle que me recibiera… para hablar con usted —le explicó Millie.

No apartaba sus ojos azules de los de él.

—¿Suele llevar un lápiz en el pelo? —le preguntó él.

A Millie se le encendieron las mejillas.

—Me viene bien para tomar notas cuando lo necesito —respondió—. También llevo siempre conmigo una libreta.

—Comprendo. Bien, pues bienvenida a bordo de *El Zafiro*, señorita Dillinger.

De repente era como si el aire se hubiese cargado de electricidad estática. Millie no podía creerse que volviera a tener frente a sí a Khalid después de ocho años, y tampoco que la hubiera reconocido y que recordase su nombre. La imponente túnica que llevaba lo hacía parecer aún más intimidante, y le costaba pensar con claridad. Pero lo que más la irritaba era que la desconcertara hasta el punto de que estaba temblorosa, como una adolescente, en vez de mostrarse firme ante él como la mujer adulta que era.

Ya iba siendo hora de que se centrase. Aquel no era el tipo duro en vaqueros que invadía sus sueños la mayoría de las noches, sino un rey todopoderoso en cuyo yate se encontraba y, si bien no era su prisionera, sí era muy vulnerable.

—¿Ha terminado su trabajo? —le preguntó él con cierta impaciencia.

—Sí, Majestad. Por favor, si necesita que lavemos y planchemos algo más, no dude en hacer que nos lo traigan a la lavandería.

–Me aseguraré de que se lo digan al servicio –respondió él divertido.

Que bromeara, cuando sabía quién era, no hizo sino irritarla aún más, y tuvo que agachar la cabeza para que no viera el enfado en su mirada.

Millie no era una insulsa princesa ansiosa por complacerle, como tantas que le habían presentado, pensó Khalid, sino una joven muy enfadada, que no solo era diferente, sino también intrigante. Le entraron ganas de agarrarla por la dorada melena para hacer que echara la cabeza hacia atrás y besarla en el cuello. Las formas adolescentes de su cuerpo se habían esfumado, y habían sido reemplazadas por femeninas curvas. Su piel parecía de porcelana, y era tersa y perfecta.

–Hablaremos –le prometió–. Pronto.

–Es importante –recalcó ella con fiereza, apretando los puños, que colgaban junto a sus costados.

Consciente de cómo debía de haber alimentado su resentimiento el paso de los años, Khalid excusó su ira. Bastante debía de haber sufrido ya con la muerte de su madre, pero aún más lacerante debía de ser para ella creer que él había encubierto de algún modo lo ocurrido. Además, era comprensible, admitió para sus adentros.

–Debe de ser difícil para usted estar de nuevo en este barco –apuntó.

–La vida sigue –respondió ella en un tono monocorde.

–Como debe ser –asintió él.

–Disculpe, Majestad, pero, si no tiene tiempo de hablar ahora conmigo, será mejor que me vaya.

¿Estaba despachándolo?, se preguntó Khalid divertido.

—Es que tenemos mucho trabajo en la lavandería –se excusó ella, dándose cuenta, sin duda, de que se había pasado de la raya.

Pero la verdad era que no le había molestado. Al contrario; la consideraba una bocanada de aire fresco. De hecho, siendo quien era, lo más probable que podría ocurrirle era que se creyese alguien especial por las adulaciones de quienes lo rodeaban, y que acabase por pensar que todo el mundo debía inclinarse ante él. Una buena dosis de la medicina que le había dado Millie Dillinger era justo lo que necesitaba.

—Está bien, la recibiré en mi estudio dentro de diez minutos –le dijo. Ella se quedó tan aturdida que no respondió–. Mi tiempo también es muy valioso. El empleado que hay fuera le mostrará el camino, y mi secretaria llamará a la lavandería para explicarles el motivo de su retraso.

—Pero…

—La señorita Francine es una mujer inteligente –la interrumpió él–; lo comprenderá.

Millie frunció el ceño. ¿Conocía a la señorita Francine?

—Diez minutos –le repitió él antes de abandonar el camarote.

Millie sintió que le faltaba el aliento. Khalid tenía un efecto tan devastador en ella que en ese momento solo podía pensar en que necesitaba espacio, mucho espacio, y poder estar a solas, en silencio, para recobrar la calma. Sin embargo, el empleado que la esperaba fuera no le dio tregua. Apenas hubo salido del camarote la condujo por un sinfín de vericuetos hasta que llegaron a una impresionante puerta de teca. «La entrada a la guarida del león», pensó Millie. Mientras el empleado llamaba a la puerta con los nudillos, cerró los ojos con fuerza, inspiró profundamente, y se preparó para el segundo asalto. Khalid dio su permiso desde dentro y el empleado abrió la puerta y se apartó para dejarla entrar.

Khalid estaba sentado en el extremo del estudio, tras un escritorio de moderno diseño, firmando unos documentos. No alzó la vista cuando ella entró, y el ruido de la pluma rascando el papel en medio del silencio se le antojó a Millie como un recordatorio de que aquel era su territorio, su reino, donde se hacían las cosas cuando él lo disponía, y por tanto ella tendría que esperar hasta que Su Majestad pudiera atenderla. Debieron de pasar casi cinco minutos.

–Mis disculpas –dijo Khalid, levantando la cabeza por fin para fijar en ella sus ojos de ave rapaz–… Millie –añadió suavemente.

Su voz aterciopelada la hizo estremecer por dentro, pero irguió los hombros y respondió:

–Volvemos a encontrarnos.

Él enarcó una ceja.

–Ha sido usted muy paciente –murmuró.

–Sí, llevo esperando ocho años –asintió ella, aunque sabía que no era a lo que se refería.

Y se quedaron mirándose a los ojos, como dos boxeadores estudiándose frente a frente en el cuadrilátero.

Capítulo 4

KHALID se levantó.

—¿Seguro que no quiere sentarse? —insistió.

Ahora que él acababa de levantarse, sería lo último que Millie haría. No conseguiría sino sentirse aún más intimidada por él.

—Si usted va a quedarse de pie, yo también.

Su respuesta pareció divertir a Khalid, que rodeó el escritorio para ponerse frente a ella.

—Perdone por haberla hecho esperar —dijo fijando sus ojos en los de Millie—; tengo mucho trabajo.

—Ya lo veo —contestó ella muy calmada.

Khalid escrutó su rostro y ella escrutó el de él.

—Pero ya soy todo suyo —dijo Khalid con una sonrisita.

A Millie se le encendieron las mejillas.

—Aunque la verdad es que no tengo mucho tiempo —añadió él.

—Yo tampoco —contestó Millie, levantando la barbilla.

—Ha pasado mucho tiempo —dijo Khalid—. Y parece que le va bien. Creo que estudia Ingeniería, ¿no?

Millie se quedó aturdida. ¿Qué más cosas sabía de ella?

–Ingeniería Marítima –asintió en un tono que no invitaba a más preguntas.

–Y no se ha marchado, sino que sigue trabajando aquí en King's Dock, en la lavandería.

–¿Por qué iba a irme? Estoy en deuda con la señorita Francine. Una deuda que jamás podré pagarle –le contestó ella, en un tono desafiante.

El jeque no pareció ofenderse, y su mirada se suavizó.

–¿Le apetece un vaso de agua? –le preguntó.

–Sí, por favor.

Millie no se había dado cuenta hasta ese momento de lo seca que se le había quedado la garganta. Khalid presionó con la mano un panel de la pared que se abrió, dejando al descubierto una pequeña nevera empotrada, y sacó de ella un botellín de agua y un par de vasos. Cuando le tendió uno sus dedos se rozaron, y a Millie se le cortó un instante el aliento.

–Creo que necesitaríamos más tiempo para hablar del que puedo dedicarle ahora mismo –dijo Khalid–. Y no estaría de más que se relajara un poco y confiara en mí.

¿Que confiara en él? ¿Lo estaba diciendo en serio? Aunque fuera más joven que él y tuviera menos experiencia, no era una ingenua, y estaba decidida a mantener la cabeza fría.

–¿Otro vaso? –le preguntó Khalid, al ver que se lo había bebido entero.

–Sí, por favor.

Sus dedos volvieron a rozarse cuando le dio el vaso para que volviera a llenarlo y cuando él se lo devolvió, y sintió una oleada de calor entre las piernas. Casi lamentó verlo retroceder para apoyarse en la pared.

—¿Por qué tiene el ceño fruncido? —le preguntó Khalid.

Millie ni siquiera se había dado cuenta de que lo estaba frunciendo.

—Bueno… no esperaba encontrarlo a bordo, ni que estuviera dispuesto a hablar conmigo.

Khalid se encogió de hombros.

—Pero me imagino que si ha venido a entregar esas sábanas habrá sido por voluntad propia —apuntó—. Y cuando le he propuesto que viniera aquí, a mi estudio, no se ha negado.

Khalid se había visto obligado a poner distancia entre ellos. La atracción que Millie ejercía sobre él era tan potente que no podía dejar de fantasear con poseerla sobre su escritorio, separándole las piernas y dándole lo que sus ojos hambrientos parecían estar suplicándole. Se imaginaba inclinado sobre ella, apretando la palma de la mano contra su pubis, explorando con los dedos la parte más íntima de su cuerpo, oyéndola gemir de placer, desnudándola, hundiéndose dentro de ella…

Pero no podía claudicar a aquellas ansias carnales. Millie se había convertido en una mujer muy hermosa, pero seguía despertando en él el mismo instinto protector que ocho años atrás. Y, sin embargo, se moría por besar sus labios para borrar esa expresión obstinada, por besarla hasta que el placer le impidiera resistirse a él. ¿Pero qué estaba pensando? En vez de estar fantaseando con seducirla debería enviarla de vuelta a la lavandería sin más dilación. Se suponía que estaba buscando una prometida para casarse, no un romance. Y, sin embargo, había un abismo entre lo correcto y lo que deseaba.

—Por favor —le insistió, señalándole con un ademán la silla situada frente al escritorio—. ¿Por qué no nos sentamos y sacamos provecho del poco tiempo de que disponemos?

Millie se sentó a regañadientes. «Puedo con esto», se dijo con firmeza, pero, cuando él volvió a sentarse tras el escritorio y sus profundos ojos negros se clavaron en los de ella, no pudo evitar que su mente se llenara de pensamientos ardientes. La culpa era de aquel tapiz erótico del camarote de invitados, se dijo, irritada consigo misma.

—Quiero saber qué ocurrió aquella noche —le dijo centrándose—, después de que abandonara el yate. ¿Qué pasó?

El silencio del jeque, que no dejaba de mirarla, se le hizo tan enervante que se le erizó el vello de la nuca y al cabo, en vez de responder, se levantó y rodeó la mesa para situarse frente a ella.

—¿Qué le hace pensar que sé lo que pasó? —inquirió con suavidad—. Podría haberme enterado de forma indirecta del accidente.

Indignada, Millie se levantó como impulsada por un resorte.

—¿Cree que fue un accidente?

—El informe del forense apuntaba en esa dirección —arguyó él muy calmado.

—Y se dio el caso por cerrado —dijo ella apretando los puños—. ¿Le parece justo?

–No vi motivo alguno para contradecir ese informe.

–No, claro que no… –murmuró ella con una risa amarga–. Pero, aunque no presenciara lo que ocurrió, no esperará que me crea que no interrogó a su hermano al respecto.

–Apenas tenía relación con él.

–Eso no es excusa –replicó ella. Desesperada, se rebajó a suplicarle–: ¿No puede decirme nada?

–Nada que quiera usted oír.

–No me asusta lo que tenga que decir. Sé que mi madre tenía problemas con la bebida, y que se comportaba de un modo irresponsable. Por eso le pedí que volviera dentro y la sacara de allí.

–¿Y si ella se hubiera negado a marcharse? –inquirió él, sin apartar los ojos de los de ella.

–Pero algo habría podido hacer… ¿O se quedó a burlarse de ella con los demás por lo patética que era?

Las facciones del jeque se endurecieron.

–Confío en que sepa que jamás habría sido capaz de algo así.

–¿Cómo voy a saberlo? –le espetó Millie acaloradamente–. Usted no me cuenta lo que pasó y estoy segura de que hará que me vaya de aquí sin respuestas.

–Esa noche hice que se fuera por su propia seguridad.

–Y rompió la promesa que me hizo –respondió ella resentida.

–No me conoce, pero se atreve a juzgarme –murmuró Khalid–. ¿No creerá que justifico de algún modo lo que pasó aquella noche?

–No lo sé. ¡Como ha dicho, no lo conozco! –exclamó Millie.

–Tranquilícese –le dijo el jeque, poniéndole las manos en los hombros–. Está muy nerviosa.

Millie se apartó enfadada.

–¡No se atreva a decirme cómo tengo que sentirme! –lo increpó furiosa. Era como un volcán en erupción, liberándose de las emociones que había contenido todos esos años–. ¿Pero qué hace? –protestó cuando la rodeó con sus brazos, atrayéndola hacia sí–. ¡Suélteme ahora mismo!

–Solo intento calmarla –murmuró él, acariciándole el rostro con su aliento mentolado.

–¿Qué va a hacer, retenerme aquí contra mi voluntad, como haría su hermano?

–Tiene usted mucha imaginación –contestó él en un tono tan tranquilo que resultaba exasperante–. No creo que haga falta que le recuerde que su madre permaneció a bordo por voluntad propia. Y usted puede irse cuando quiera.

–¡Pues eso es lo que voy a hacer!

Sorprendentemente, cuando se apartó de él, Khalid no hizo el menor ademán de impedírselo. Y era tan absurda que de pronto echaba en falta el calor de su cuerpo. ¿Pero es que se había vuelto loca?

–¡Le odio! –exclamó.

–No es verdad –replicó él–. Lo que pasa es que la superan sus emociones y el hecho de que no puede cambiar lo que ocurrió aquella noche. Se odia a sí misma, pero no hay razón alguna para que se odie.

Millie se tapó la cara con las manos; lo que estaba diciendo era cierto. Jamás olvidaría la mañana siguiente a la fiesta en el yate. Esa mañana no había escuchado las noticias, y al ver que su madre no había vuelto a casa había tomado un autobús para ir al puerto deportivo a buscarla, furiosa, y decidida a subir al yate para sacarla de allí. Sin embargo, a unos metros del puerto, el autobús se había detenido, y el conductor se había disculpado, diciéndoles a los pasajeros que tendrían que seguir a pie porque más adelante había ambulancias y un cordón policial.

Entonces lo supo. Un mal presentimiento la había invadido, como una niebla fría y paralizante. La señorita Francine estaba esperándola en la puerta de la lavandería. La hizo pasar dentro y le preparó una taza de té antes de confirmarle la horrible verdad.

Debía de haberse quedado callada mucho rato, porque de pronto se dio cuenta de que Khalid estaba mirándola preocupado. Pues ya era un poco tarde para que se preocupase por ella, pensó irritada.

—Lo siento —murmuró él suavemente.

—¿Que lo siente? —repitió ella resoplando—. Como si le importara…

—No hará ninguna tontería cuando se vaya de aquí, ¿verdad? —dijo él.

—¿Como mi madre? —sugirió ella.

—Cada historia tiene más de una versión —apuntó Khalid.

Millie levantó la barbilla, desafiante.

—Y en este caso me imagino que hay una versión que resulta muy conveniente para usted y otra que no.

Las facciones del jeque se endurecieron.

—Esa es su interpretación.

Tal vez, pero Millie recordaba haberlo visto volviendo a subir al yate aquella noche, mientras ella se alejaba en la limusina. Había puesto todas sus esperanzas en él, creyendo que sacaría del barco a su madre.

—Lamento no poder dedicarle más tiempo —le dijo Khalid, mirando su reloj de pulsera—. Tengo otros asuntos que atender.

Millie enrojeció de ira. Se le había acabado el tiempo. ¿Y qué había conseguido? Absolutamente nada.

—Lo entiendo —murmuró.

—Es que tengo que supervisar los preparativos de una fiesta que voy a celebrar a bordo esta noche —se explicó él—. ¿Por qué no viene? Así podremos seguir hablando.

Aquella invitación chocó a Millie. ¿Una fiesta a bordo de *El Zafiro*? La sola idea hizo que los horribles recuerdos de aquella noche, años atrás, la asaltaran y se le revolviera el estómago.

—No le quito más tiempo; ya me voy —respondió muy tensa, antes de girarse hacia la puerta.

—Pero no hemos acabado de hablar —insistió él—. Si viene esta noche podemos continuar con esta conversación.

¿Acaso estaba loco? ¿Que asistiera a una fiesta a bordo de *El Zafiro*? ¿Y por qué estaba vacilando ella? ¿Sería ella la que había perdido el juicio? Estaba claro que tenía que rehusar. Y, sin embargo, se encontró respondiéndole:

—Está bien; gracias. ¿A qué hora debería estar aquí?

Khalid se encogió de hombros.

—Sobre las ocho. Será algo informal: algo de música, unos pocos invitados, una cena deliciosa… seguro que se alegrará de venir.

Millie lo dudaba.

En contra de su costumbre, Khalid decidió acompañar a Millie hasta cubierta. La llevó por las escaleras, pensando que estar a solas con ella en el reducido espacio del ascensor sería demasiado para él. Porque por mucho que quisiera proteger a Millie, era más fuerte la tentación de seducirla. Charlaron educadamente de esto y lo otro mientras recorrían el yate, como dos extraños que acabaran de conocerse. Y no es que hubiera una realidad incómoda flotando en el ambiente y que los dos evitaban, sino que había dos: la tensión sexual entre ambos y la muerte de la madre de Millie.

–¿Y está contenta viviendo en el piso de arriba de la lavandería? –le preguntó en un momento dado.

–Pues claro que sí –contestó ella, mirándolo de soslayo y frunciendo el ceño.

Y parecía que eso era todo lo que iba a decir al respecto. Al menos por el momento, pensó, porque cuando regresara más tarde estaba decidido a averiguar más cosas sobre ella.

–Pero… ¿cómo sabe dónde vivo? –inquirió Millie.

Khalid lamentó ser tan descuidado.

–No lo sabía; lo he supuesto –mintió.

–¿Igual que sabía que estudio Ingeniería? –inquirió Millie–. ¿Debería sentirme halagada por ese interés que tiene por mí, o pensar que un hombre como usted hace que se investigue a todas las personas a las que conoce?

Khalid no contestó.

–Es igual –añadió ella, encogiéndose de hombros–. Solo diré que parece que sabe más sobre mí de lo que esperaba.

¿Habría estado haciendo que la vigilaran? Y si era así… ¿por qué, y desde cuándo? ¿Acaso creía que sabía algo sobre aquella fatídica noche? Cuando salieron a cubierta respiró aliviada, y no solo porque había dejado de llover. Tener cerca a un hombre como Khalid la ponía tensa, aunque también era excitante. Pero esa fascinación que provocaba en ella era peligrosa. Nadie con sentido común jugaría con fuego.

–Me imagino que a la señorita Francine deben de serle muy útiles sus conocimientos de ingeniería –comentó él en ese momento incómodo, antes de despedirse.

Bueno, incómodo al menos para ella, pensó Millie, porque él parecía muy tranquilo.

–¿Cómo puede ser que sepa incluso cómo se llama la dueña de la lavandería? –inquirió.

Khalid reprimió una sonrisa, y eludió la pregunta aprovechando que en ese momento se acercaba un empleado con el carro de la lavandería y su chubasquero.

–Ah, sí, no se deje el carro –dijo–. Bueno, pues hasta esta noche, señorita Dillinger.

–Sí –murmuró ella distraídamente–, hasta esta noche.

–¡No se olvide! –exclamó él mientras ella descendía por la pasarela con el carro.

Quizá no debería haber aceptado la invitación. Había algo en todo aquello que no cuadraba. ¿Y si cuando hubiera subido a bordo levaban anclas y se alejaban del puerto?, se preguntó inquieta. No, tenía que tranquilizarse; ya no era una adolescente y podía manejar la situación. Si ocurría algo extraño sacaría el móvil y llamaría a los guardacostas. No podía dejar pasar aquella oportunidad de averiguar algo más sobre la muerte de su madre. Se giró al llegar al pie de la pasarela y se despidió con la mano.

—¡Hasta esta noche!

Capítulo 5

SE FORMÓ un revuelo tremendo en la lavandería cuando Millie regresó. Todas sus compañeras querían saber el motivo de su retraso y la rodearon, acribillándola a preguntas, comentarios escandalosos y bromas picantes en medio de ruidosas risas. La señorita Francine observaba a Millie preocupada.

–¿Y dices que te ha invitado a una fiesta en su yate esta noche? –exclamó Lucy–. Chicas, eso significa algo… –dijo guiñándoles el ojo a las demás.

–Solo por cortesía –replicó Millie. Miró a la señorita Francine y le dirigió una sonrisa para hacerle saber que no le molestaban las preguntas de las chicas–. Yo diría que quiere que vaya para hacer bulto en la fiesta.

–¡Venga ya! –exclamó Lucy con incredulidad, poniendo los ojos en blanco–. Es evidente que le has hecho tilín…

–Lo dudo mucho; no soy precisamente una belleza –insistió Millie.

Era la verdad. Aunque los reveses de la vida y la bebida habían hecho que su madre envejeciera prematuramente, Roxy Dillinger había sido una mujer muy hermosa. Ella no tenía ni la mitad de su atractivo, pero intentaba compensarlo con la pasión que sentía por la vida.

Las chicas seguían acribillándola a preguntas: cómo era el jeque en persona, cómo era el yate por dentro... Millie omitió unas cuantas cosas, pero satisfizo su curiosidad con tantos detalles como pudo.

–¿Por qué tienes tanta suerte? –la picó Lucy–. ¿Qué tienes tú que no tengamos las demás?

–Las demás tenéis demasiado trabajo por hacer como para estar aquí plantadas, cotilleando –intervino la señorita Francine. Un coro de protestas siguió a sus palabras–. Vamos, ya celebraremos nuestra propia fiesta aquí cuando hayáis acabado con vuestras tareas –les prometió.

Las chicas la vitorearon.

–Pues aun así yo preferiría estar en el lugar de Millie –dijo Lucy, mirando a esta con una sonrisa traviesa.

Todas volvieron al trabajo, y aunque las demás siguieron haciendo preguntas a Millie y picándola, eso hizo que el tiempo pasara más rápido. Algo bueno para sus compañeras, pero no tanto para ella, que tenía que prepararse para la fiesta y de repente ya no se sentía tan valiente.

«No seas miedica», se reprendió con impaciencia mientras subía a la planta de arriba, donde tenía su habitación. No podía acobardarse. Tenía que averiguar qué había ocurrido aquella noche.

«Relájate», se dijo, cerrando los ojos bajo el chorro de la ducha. Si no aprovechaba aquella ocasión, no haría más que echárselo en cara durante el resto de su vida.

¿Qué se ponía una para no desentonar con los invitados a la fiesta de un multimillonario?, se preguntó al salir de la ducha. Debería haberle preguntado a Khalid si había algún tipo de etiqueta. Bueno, creía recordar que él había mencionado que iba a ser algo informal. Tenía un vestido que podría servir.

Lo único malo era que era rojo. ¿No la haría destacar demasiado? No quería que pareciera que pretendía dar la nota. Por lo menos era sencillo, un vestido en seda de corte recto. Lo sacó del armario y lo echó sobre la cama.

¿Debería recogerse el pelo, o dejárselo suelto? Al final se hizo un recogido que sujetó con una pinza de carey.

¿Y qué zapatos debería ponerse? No le parecía que pegase mucho ponerse zapatos de tacón para ir a una fiesta en un barco. Mejor unas sandalias planas. Y de ropa interior… Rebuscó en su cajón. Obviamente lo suyo sería que se pusiera unas braguitas recatadas. ¿Por qué entonces tenía en la mano un tanga? Claro que si se ponía braguitas se le marcarían bajo el vestido. ¿Y quién iba a ver lo que llevaba debajo de la ropa? «Nadie», se respondió, y se decantó por el tanga.

Mientras se vestía, miraba de vez en cuando hacia la ventana, a través de la cual se veía el puerto, donde estaba atracado *El Zafiro*, todo iluminado. Cuando acabó de arreglarse apoyó la espalda contra la pared, cerró los ojos, y trató de bloquear los recuerdos de la fiesta en el yate, años atrás. Si no conseguía apartarlos de su mente, jamás tendría el valor para volver a subir a *El Zafiro*.

La música que salía del yate flotaba sobre el puerto y el viento la arrastraba hasta allí. Era una música tranquila, agradable. No tenía nada que temer; iba a ir allí y no iba a derrumbarse ni nada parecido. Tenía que ser fuerte, tenía que superar aquel trauma, y para eso tenía que enfrentarse a sus miedos. Se miró una última vez en el espejo y se dijo: «Puedo hacerlo; estoy lista para adentrarme en la guarida del león».

Khalid paseaba por la cubierta con el ceño fruncido. La orquesta ya estaba tocando, el servicio estaba terminando los preparativos de último minuto, y los invitados estaban empezando a llegar, pero Millie no había aparecido. Quería volver a verla; tenían mucho que hablar.

«¿Hablar?». Puso los ojos en blanco por cómo se engañaba a sí mismo. Pero acudiría, seguro que acudiría. Sería incapaz de resistirse a la tentación de interrogarle de nuevo cuando sabía que podría ser la última oportunidad que tuviera. Y, si la tentación no bastaba, estaba convencido de que la atracción mutua que había entre ellos la empujaría a volver.

Sus invitados eran una mezcla ecléctica de personas del mundo de las artes, las ciencias y de las asociaciones benéficas con las que colaboraba, además de algunos miembros de la realeza. Un grupo interesante. Estaba ansioso por que Millie viera los cambios que había propiciado su reinado. Para él era importante trazar una línea clara entre la clase de monarca que su hermano Saif había sido y la clase de monarca que era él.

—Vaya, Su Majestad parece algo distraído esta noche…

Al oír la voz de su amigo detrás de él, Khalid se volvió para saludarlo. Estaba con una joven.

–¡Tadj! Perdóname. No os había visto llegar a ti y a tu acompañante. Buenas noches, ¿señorita…?

–Lucy Gillingham, Majestad. Soy una compañera de trabajo de Millie.

–¡Ah! –exclamó Khalid sorprendido. Aquello sí que no se lo había esperado–. No tiene que hacerme ninguna reverencia –dijo con una sonrisa, levantándola, cuando ella hizo ademán de inclinarse ante él–. Le doy la bienvenida a bordo de *El Zafiro*.

–Tengo la sensación de que la razón de que andes tan distraído tiene que ser una mujer muy hermosa –lo azuzó Tadj–. ¿Puedo preguntar quién es?

–No, no puedes –contestó Khalid–. Tu reputación te precede, amigo mío.

No tenía la menor intención de hablar de Millie a un hombre al que llamaban el Lobo del Desierto porque era un casanova.

–Parece que la fiesta es un éxito –observó Tadj, mirando a su alrededor.

–Eso parece –asintió Khalid. En ese momento vio a Millie–. Disculpadme, ha llegado alguien a quien debo saludar.

–Una mujer muy hermosa… –lo picó Tadj divertido mientras él se alejaba.

Millie acababa de subir a bordo y parecía un poco desorientada entre la gente y los camareros que pasaban ofreciendo copas de champán. Estaba espectacular con un sencillo vestido rojo. Los invitados se apartaron a su paso y pudo llegar hasta ella.

–Al final ha decidido venir –le dijo.

Ella lo miró de arriba abajo y esbozó una sonrisa.

–Bueno, usted me invitó para que habláramos –respondió–. ¿Cuándo podremos hacerlo?

–Tengo que dedicar algo de tiempo a mis invitados. Una hora como mínimo.

–Claro, lo entiendo –contestó ella al punto.

–Enviaré a alguien a avisarla.

–¿Siempre delega todo en otras personas?

A Millie aquellas palabras se le habían escapado sin querer, y aunque por un momento pensó que no iba a contestar, al final Khalid dijo:

–No todo, señorita Dillinger.

El tono seductor de su voz y su intensa mirada la hicieron estremecer, y deseó no haberle preguntado. De pronto se notaba la garganta seca.

–Bueno, pues le dejo para que se ocupe de sus invitados –le dijo–. No se preocupe por mí; me entretendré observando a la gente y disfrutando de la música siempre y cuando no olvide su promesa.

–No la olvidaré –le aseguró él.

Mientras se alejaba, le parecía que aún podía oler el embriagador aroma a flores silvestres del perfume de Millie, como si se hubiera impregnado de él, igual que no podía dejar de pensar en ella mientras saludaba a sus invitados y charlaba con ellos. A un simple espectador le habría parecido que el gobernante de Khalifa solo había estado departiendo con una bella joven que había captado su atención. Y en eso no había nada de inusual. Sin embargo, bajo esa aparente calma, se ocultaba una fuerte tensión sexual, como una falla geológica en el océano bajo la que había un volcán a punto de entrar en erupción.

Tenía que relajarse, se dijo Millie mientras Khalid se alejaba. Encontrarse de nuevo a bordo de *El Zafiro* la llenaba de ansiedad, y como necesitaba algo que la ayudase a no pensar en el pasado, se puso a pasear por la cubierta y a presentarse a los invitados. Y aunque al principio la había inquietado que pudiera estar adentrándose en arenas movedizas, como su madre años atrás, los invitados de Khalid no podían ser más distintos de los que habían acudido años atrás a la fiesta de su hermano. Millie no dio explicaciones de por qué estaba allí, pero tampoco se las pidió nadie. El jeque Khalid era un anfitrión generoso que había invitado a personas de toda condición social, y eran todas tan abiertas y agradables que consiguió abstraerse de sus pensamientos.

De vez en cuando no podía evitar lanzarle miradas encubiertas a Khalid. Estaba guapísimo. No le hacían falta ropajes reales para realzar su masculinidad. Vestido como estaba con unos vaqueros y una camisa era la fantasía de cualquier mujer, porque su estatura, su tez morena y su físico atlético lo hacían irresistible.

Lo que no se había esperado aquella noche era encontrarse en la fiesta con su amiga Lucy, y menos aún cuando vio al apuesto hombre al que acompañaba.

—¿A que está como un tren? —le siseó Lucy llevándola aparte mientras Tadj hablaba con un matrimonio.

—¿Estás saliendo con el emir de Qalala? —le susurró Millie anonadada.

—Bueno, saliendo no. Lo he conocido en el muelle. Pensé en ponerme guapa y dejarme caer por aquí por si conseguía que alguien me colara en la fiesta —le explicó Lucy—. ¿Cómo te va a ti con tu jeque?

–Ya te lo he dicho: no hay nada entre él y yo –le reiteró Millie, pero sus ojos volvieron a desviarse hacia el lugar donde estaba Khalid.

–No deberían permitirle llevar túnica –murmuró Lucy.

–¿Eh? –inquirió Millie, volviendo la vista hacia ella.

–Túnica –repitió Lucy–. Cuando lleva túnica no se aprecia ese cuerpazo que tiene. Solo debería llevar ropa que deje que nos alegremos la vista con él, como esos pantalones que se ha puesto.

–Ah, ya –murmuró Millie.

–No me estás escuchando siquiera, ¿verdad? –le espetó Lucy–. No puedes quitarle los ojos de encima.

–No estaba mirándolo –se defendió Millie–. Además, lo importante es el interior de las personas, no el envoltorio –murmuró distraída.

–Pues tú dirás lo que quieras –repuso Lucy–, pero yo estoy impaciente por quitarle a Tadj el envoltorio.

Millie se rio, y, cuando su amiga se estaba alejando para unirse de nuevo a Tadj, la voz de Khalid a su lado le hizo dar un respingo.

–¿Lista para hablar?

–¿Ya ha pasado una hora? –balbució ella, sintiendo que una oleada de calor le subía por el cuerpo–. Vaya, se me ha pasado el tiempo volando.

–¿Ha comido algo?

–Bueno, los canapés parecen deliciosos, pero prefiero reservarme para la cena.

–Comprendo –dijo él, asintiendo con la cabeza–. Venga, acompáñeme.

Mientras Millie lo seguía, Khalid se detenía con

los invitados que lo paraban para hablar con él, y hasta la presentó como «una vieja amiga», algo que la dejó contrariada, aunque no dijo nada. Subieron las escaleras que llevaban a la cubierta superior, y al llegar Khalid se detuvo.

—Hace una noche preciosa, ¿verdad? —comentó, alzando la vista.

Millie asintió en silencio y alzó la vista también. Había dejado de llover y el cielo estaba limpio y cuajado de estrellas. Y en una noche así se había ahogado su madre, en aquel puerto marítimo.

—Quiero mostrarle algo —le dijo Khalid.

Millie sintió una punzada de aprensión, tal vez por su tono de voz. Lo siguió hasta la popa y frunció el ceño cuando Khalid se detuvo frente a un bote salvavidas.

—¿Es esto lo que quería mostrarme?

—Aquí fue donde vi por última vez con vida a su madre; acurrucada en ese bote.

Millie se alejó unos pasos, hasta la barandilla, y bajó la vista al agua con la mirada perdida.

Khalid la siguió.

—¿Se encuentra bien?

—Sí —musitó ella—. ¿Qué hacía mi madre en el bote?

—Estaba dormida.

«Durmiendo la mona», pensó Millie, pero se alegró de que él no lo hubiera dicho. Le dolía que otras personas criticasen a su madre, aun ahora que ya no estaba.

—¿Y dejó que siguiera durmiendo?

—Ordené a un guardia que se quedara junto a ella, velando su sueño —contestó Khalid.

–Pero… ¿qué ocurrió? ¿Qué pasó? –insistió ella–. Si abandonó la fiesta y vino hasta aquí… ¿No la echó nadie en falta? ¿Ni siquiera su hermano? ¿No esperaba que cantara para sus invitados?

–Respecto a mi hermano…

–¿Qué? –lo instó ella a continuar, incapaz de contener las emociones que se revolvían en su interior.

–No sé dónde estuvo en cada momento de aquella noche.

–Pero alguna idea debe de tener –insistió ella–. Y, si no me lo puede decir, entonces no sé para qué he venido.

Se estaba dando la vuelta para marcharse cuando Khalid la agarró por el brazo.

–¡Suélteme! –lo increpó Millie, forcejeando con él.

Cuando logró soltarse estuvo a punto de perder el equilibrio y tuvo que agarrarse a la barandilla de acero con ambas manos para no caerse. Estaba fría, y no pudo evitar preguntarse si su madre habría tocado también aquella barandilla, si se habría agarrado a ella para intentar salvar su vida.

–¿Fue este el lugar desde el que cayó al agua? –le preguntó finalmente a Khalid.

Se volvió hacia él con expresión grave, pidiéndole que le dijera la verdad.

–Su madre había bebido demasiado. Me sorprendió que fuera capaz siquiera de moverse.

–Pero algo debió de empujarla a meterse en ese bote –murmuró Millie sacudiendo la cabeza.

Miró abajo y se estremeció al imaginarse a su madre cayendo al agua, luchando por nadar… y finalmente el silencio.

–No lo sé.

Estaba tan abstraída en sus pensamientos que apenas oyó la respuesta de Khalid. Se volvió lentamente hacia él.

–Tengo la impresión de que hay algo que no está contándome –murmuró.

Las risas de los invitados y la música de la fiesta flotaban en el ambiente, como una burla a su agitación interior. Era algo irreal, una situación tensa y horrible.

–A mi hermano no le costaba encontrar mujeres que lo entretuvieran –le dijo el jeque–. No me sorprende que no se preocupara de a dónde había ido su madre.

–Tampoco parece que a usted le importara demasiado –lo increpó ella.

–Le ordené a uno de los guardias que la vigilara –repitió Khalid.

–Pero no sirvió de nada –observó ella con mordacidad.

–El guardia me informó que su madre se despertó y dijo que necesitaba ir al baño, así que naturalmente se lo permitió.

–Estaba borracha. ¿No se le ocurrió acompañarla siquiera? –exclamó Millie–. Usted le había ordenado que la vigilara y no lo hizo.

–Y usted no estaba allí, así que no es quien para juzgar a uno de mis hombres.

–¿Cómo puede decirme eso? –le espetó Millie indignada–. Cuando vine a traer las sábanas, sus guardias tardaron un buen rato en dejarme subir a bordo, y luego un miembro de la tripulación estuvo pendiente de mí todo el tiempo. ¿De verdad pretende hacerme creer que aquel guardia dejó que mi madre anduviese de un lado a otro del yate como si tal cosa?

—Como he intentado explicarle, mi hermano gestionaba las cosas de un modo distinto, y además no hubo testigos.

—¡Pero alguien debió de ver algo! —insistió ella.

El jeque ignoró su interrupción y continuó.

—Yo estaba despejando el gran salón cuando su madre desapareció. Saif había intentado echarme del yate, pero los guardias se negaron a obedecerle. Se pusieron de mi parte y aun con su ayuda me llevó bastante conseguir que se marcharan todos los invitados. En cuanto hubo desfilado el último fui a buscar a su madre. Al principio pensé que tal vez habría vuelto con mi hermano, pero los sirvientes no la habían visto, y me convencí de que se habría marchado con el resto de los invitados que estaban abandonando el barco.

—Entonces está diciendo que su hermano no tuvo nada que ver con la muerte de mi madre.

—Es lo que le dije a la policía.

«Eso no es una respuesta», pensó ella.

—Claro, para usted debió de resultar muy conveniente no haber visto ni oído nada.

—¿Ha terminado? —le espetó él con frialdad—. Yo no lo describiría precisamente como «conveniente» —le aseguró.

—Para su hermano sí que fue conveniente que no viera ni oyera nada —apuntó Millie.

—Mi hermano está muerto.

—¿Y acaso lo exime eso de toda culpa? Si me está diciendo que merece respeto solo porque ya no esté entre nosotros, mi madre también. Y, para que lo sepa, estoy decidida a limpiar su nombre y…

–Recuerdo cómo la defendía; y eso que no era usted más que una chiquilla –dijo él en un tono de admiración.

–Yo confiaba en usted –murmuró ella–. Creí que la ayudaría.

Se quedaron mirándose el uno al otro unos instantes, y Millie se estremeció por dentro. Su firme determinación de llegar hasta el fondo del misterio que había en torno a la muerte de su madre chocaba con la agitación que aquel hombre provocaba en ella. Además, cuando Khalid la miraba tenía la sensación de que sus miradas nunca eran miradas vacías. Podía transmitir más con una mirada que cualquier libro, y le dio la impresión de que sus ojos negros sugerían algo que no tenía nada que ver con el pasado, y todo con el momento presente.

Capítulo 6

MILLIE era irresistible, y la pasión que despertaba en él estaba desatada. Khalid le rodeó la cintura con un brazo para atraerla hacia sí, y la tomó de la barbilla con la otra mano y se inclinó, haciendo que sus labios quedaran a escasos centímetros.

—¿Cómo se atreve a tocarme? —lo increpó, forcejeando con él.

Khalid se sentía como si estuviera en llamas; estaba tan excitado que casi era una agonía para él. Millie se detuvo un momento, jadeando, y clavó en él sus ojos relampagueantes. Sabía que las chispas que saltaban de ellos no se debían solo a la ira; sabía que era tan prisionera de aquel deseo voraz como él.

—¡La culpa de todo esto es suya! —lo increpó furiosa.

Khalid la asió por los brazos.

—Me parece que está un poco alterada.

Se deleitó con el aroma fresco y limpio del perfume de Millie, pero se contuvo. La notaba ansiosa por canalizar esa ira dando rienda suelta a la pasión que vibraba en ambos, pero era mejor ir despacio. Retrasar el placer no hacía sino aumentarlo.

¿Pero de verdad se estaba planteando seducirla?

Sí, parecía inevitable, a pesar del pasado, y aunque sabía que el estar de nuevo allí, a bordo de *El Zafiro*, reviviendo aquella terrible noche, hacía que Millie lo detestara. Sin embargo, el odio era una emoción extraña que podía moldearse. Seguía sintiendo la necesidad de protegerla, pero su deseo de hacerla suya era aún mayor. La soltó y dio un paso atrás.

–No… –le dijo con voz ronca cuando ella se cubrió el rostro con las manos–. No tiene motivo alguno para sentirse culpable.

–¿Ah, no? –le espetó ella con amargura, dejando caer las manos y levantando la barbilla–. ¿Ni siquiera cuando ese sentimiento de culpabilidad tiene que ver con usted?

Esas palabras, que habían sonado como si se las hubiese arrancado del alma, lo desconcertaron. Esa franqueza siempre había sido el mayor atractivo de Millie.

–Esto ha sido un suplicio para usted –le dijo–. Debería marcharse y descansar. Ya hablaremos en otra ocasión.

–¿Y cómo sé que *El Zafiro* no zarpará? –le espetó ella, clavando sus ojos en los de él.

–Señorita Dillinger, váyase a casa.

–Eso sería ponerle las cosas demasiado fáciles.

–Márchese –repitió Khalid–. Haré que uno de mis guardias la escolte.

Millie resopló.

–¿Por qué?, ¿para asegurarse de que no me pase nada? La lavandería está aquí al lado y no hace falta que sus hombres me echen del barco. Me iré por voluntad propia –le dijo desafiante.

–No voy a hacer que la echen –replicó él–. Me

preocupa que vaya por ahí sola a estas horas. El muelle puede ser un lugar peligroso.

–Como descubrió mi madre –asintió ella, poniéndose tensa.

–Dejará que la escolte uno de mis guardias –le ordenó él con suavidad–. No pienso seguir discutiendo con usted. Insisto.

Millie apretó los labios con obstinación, pero sabía que lo que Khalid le estaba proponiendo era sensato, y finalmente claudicó a regañadientes asintiendo con la cabeza.

–Y entonces, ¿cuándo hablaremos? –le preguntó–. ¿O ha cambiado de idea respecto a eso?

–Pues claro que no –replicó él, haciéndole señas a un guardia para que se acercara–. Antes de que abandone King's Dock nos veremos de nuevo y hablaremos con calma. Una fiesta no es un lugar apropiado para tratar un tema tan serio –le dijo Khalid.

Millie resopló, como con incredulidad.

–Gracias, Majestad. Buenas noches –se despidió en un tono áspero.

Cuando le tendió la mano, en vez de estrechársela, Khalid se la llevó a los labios, le besó con suavidad los nudillos y notó que Millie se estremecía. Mientras la veía alejarse supo que aquello no había terminado; de hecho, no había hecho más que empezar. Tendría que posponer su búsqueda de una prometida.

¿Por qué diablos había aceptado la invitación del jeque y había acudido a aquella fiesta? Dejándose caer en la cama, Millie se descalzó, arrojando los zapatos a la otra punta de la habitación. En vez de indagar más sobre la noche en la que había muerto su madre, había estado a punto de besar al hombre que sospechaba que había mentido a la policía y que había permitido que su hermano escapara del país.

¿De verdad esperaba que se creyera que la muerte de su madre había sido accidental y que no había habido ningún testigo? ¿Y qué pasaba con las cámaras de seguridad del yate? Se levantó como impulsada por un resorte, fue hasta la ventana y descorrió la cortina.

La fiesta duraría seguramente hasta altas horas de la madrugada, pensó observando el yate iluminado. Debería haber averiguado cuándo tenía pensado Khalid abandonar King's Dock. A pesar de la promesa que le había hecho de que hablarían otro día, ¿y si zarpaban esa noche mientras ella dormía? Tal vez jamás tendría otra oportunidad de interrogarle a conciencia y descubrir la verdad. Fue a por los zapatos, volvió a calzárselos y bajó de nuevo a la calle para regresar al puerto.

No le costó convencer a los guardias para que la dejaran subir a bordo. Solo tuvo que sonreír y decirles la verdad.

—Me he dejado algo cuando abandoné la fiesta —les explicó.

Y en cierto modo así era; había dejado un montón de preguntas en el aire.

—No se preocupe, señorita Dillinger; suba —le dijo uno de los guardias.

El corazón le latía como un loco mientras cruzaba la pasarela. ¿Cómo reaccionaría Khalid cuando la viera? Era demasiado tarde para preocuparse por eso, se dijo. Ahora no podía volverse atrás.

No sabía qué la hizo subir la vista mientras avanzaba entre los invitados, si un sexto sentido o una conexión invisible con Khalid, pero al hacerlo se encontró con que estaba en la cubierta superior, apoyado en la barandilla, mirándola, y lo vio apretar los labios e indicarle que subiera con un movimiento brusco de la barbilla.

Khalid sintió una satisfacción triunfal cuando vio a Millie subiendo al yate. Había estado seguro de que volvería y la había estado esperando. Millie no era tonta, sabía que había algo que no le había dicho, y sabía que no podía arriesgarse a que zarparan y perder la ocasión de hablar de nuevo con él. Sin embargo, fuera lo que fuera lo que esperase que le dijera, no podía decirle la verdad. La destrozaría. Era mucho peor de lo que Millie se podría imaginar. Ella se había forjado una nueva vida y era algo de lo que Khalid se alegraba. No ganaría nada volviendo la vista al pasado.

Cuando Millie llegó a la cubierta superior le pareció como si el aire que lo rodeaba cambiara y se volviera más fresco. Y ella parecía tan etérea y vulnerable…

–Estoy aquí –la llamó levantando el brazo.

Millie avanzó hacia él. «Sé lo que estoy haciendo», se dijo para sus adentros.

–Bienvenida de nuevo. Pase, hablaremos dentro –dijo Khalid, señalando con un ademán una puerta abierta detrás de él.

Millie tropezó con un remache que sobresalía del suelo y se precipitó hacia delante, pero Khalid fue rápido de reflejos y evitó su caída yendo hacia ella y sujetándola por los brazos.

—Por poco… —murmuró cuando sus cuerpos colisionaron. Se quedaron un momento en silencio, mirándose a los ojos—. ¿Qué es lo que quiere de mí, señorita Dillinger?

Millie se encontró respondiendo para sus adentros que lo que quería era a él, y aquello la desconcertó. Desde el momento de su reencuentro había estado luchando contra la atracción que sentía hacia él, pero parecía que no podía controlarla y lo peor era que, por la sonrisa que se había dibujado en los labios de Khalid, tenía la sensación de que lo sabía.

Se apartó de él irritada. Tenía que centrarse en la razón por la que había ido allí.

—No sé lo que ocurrió esa noche —le dijo—, pero sí sé que mi madre no era una mujer débil. Solo estaba desesperada y era vulnerable, y su hermano se aprovechó de eso.

—Pasemos dentro y hablemos —insistió él en un tono calmado.

Cuando entró, Millie comprendió que estaban en sus aposentos privados. El salón en el que se encontraban era espacioso y estaba elegantemente amueblado.

—Lo que está claro es que se ha intentado echar tierra sobre ese asunto —le dijo a Khalid cuando él cerró tras de sí.

—Puede que esté dándole demasiadas vueltas —apuntó él, señalándole uno de los dos sofás para que se sentara.

Millie permaneció de pie.

—O puede que usted no me esté contando toda la verdad.

Los ojos de Khalid relumbraron, como si hubiese acertado.

–También puede ser que esté intentando protegerla –repuso con suavidad.

–O quizá sea lo que quiere que crea –replicó ella.

Khalid la miró largamente con los ojos entornados.

–Es usted preciosa –murmuró.

Millie le lanzó una mirada furibunda.

–He venido para hablar en serio.

Y era verdad, por más que un cosquilleo de excitación la recorriera cuando una leve sonrisa se dibujó lentamente en los labios de Khalid.

–Lo he dicho en serio; muy en serio –le aseguró con esa voz aterciopelada e hipnotizadora–. Tenemos toda la noche para hablar –añadió encogiendo un hombro.

¿Para «hablar», cuando estaba abrumándola con toda la testosterona que rezumaba? Debería haberse apartado cuando él alargó el brazo para quitarle la pinza del pelo, pero no lo hizo y su larga melena rubia cayó hasta su cintura.

–Preciosa… –susurró Khalid de nuevo, arrojando la pinza a un lado.

Cuando le peinó el cabello con los dedos, un cosquilleo delicioso recorrió a Millie, pero sacudió la cabeza, como si experimentar placer fuera un pecado.

–No tiene por qué sentirse culpable –le dijo Khalid–. El deseo es una emoción natural, y algo muy humano.

–Es una emoción a la que soy perfectamente capaz de resistirme –le aseguró Millie, apartándose de él.

Khalid se rio suavemente.

–Tiene el mismo espíritu combativo que me deslumbró hace ocho años.

–Si me mostré combativa entonces fue por la preocupación que sentía por mi madre –apuntó ella–. Me prometió que volvería a bordo y la sacaría de allí –le recordó.

–Aún no me ha dicho qué es lo que quiere de mí, señorita Dillinger.

–Yo podría hacerle la misma pregunta –le espetó ella irritada.

De pronto fue como si se hubiera roto un dique de contención.

–Tú eres lo que quiero –respondió Khalid.

A Millie se le escapó un gemido ahogado. Se debatía entre la culpa y el deseo. Ella lo deseaba… y él a ella también. Para alguien cuya experiencia sexual se limitaba a algunos torpes encuentros en la parte trasera de un coche, que un hombre como el jeque Khalid quisiera seducirla se le antojaba irreal. Que un hombre que podría enseñárselo todo quisiera abrirle la puerta a un mundo de sensualidad con el que solo había fantaseado era… una locura.

–Debería irme –murmuró.

–¿Sin descubrir qué podrías obtener de mí?

¿De qué estaba hablando ahora? ¿De información sobre aquella noche, años atrás, o de sexo? Millie sacudió la cabeza, en un intento por recobrar la cordura, pero el deseo era una fuerza poderosa e inmisericorde. ¿Qué daño podría hacer sucumbir por una noche a la tentación? Además… ¿y si así consiguiera sonsacarle algo más? ¿Pero en qué estaba pensando?,

¿en interrogarlo mientras dejaba que la sedujera? ¿De verdad esperaba que traicionara a su hermano?

–¿Y bien? –insistió él, avanzando hacia ella–. ¿Te quedas entonces?

–Creo que me subestimas –contestó Millie con voz tensa.

Khalid se rio.

–Jamás cometería ese error, Millie Dillinger, pero me parece que tú sí podrías caer en él –murmuró inclinándose hacia ella.

Su rostro estaba peligrosamente cerca del suyo, y Millie, que no sabía qué esperar, se quedó paralizada cuando sus labios rozaron los de ella. Sin embargo, no pudo permanecer impasible más de unos segundos cuando las caricias de los labios de Khalid hacían que ansiase mucho más. Hasta entonces había creído que era fuerte, pero jamás se había topado con un hombre como Khalid.

De tentarla pasó a besarla, y con una maestría que no se había esperado. Cuando la acorraló contra la pared un frenesí salvaje se apoderó de ella. Era como si solo cupiera un pensamiento en su cabeza: quería que la hiciera suya, y el pasado quedó relegado por la fogosidad de aquel beso cuando la lengua de Khalid separó sus labios y se deslizó dentro de su boca.

Khalid sabía que con aquel beso había cruzado una línea invisible y que no había vuelta atrás, pero también sabía que debía ir despacio. Millie se merecía que fuera delicado con ella.

Mientras la besaba exploró sus senos con ambas manos. Eran tan turgentes, tan firmes... Cuando frotó las yemas de los pulgares contra sus pezones erectos, Millie gimió y cubrió sus manos con las suyas, como pidiéndole que no parara. Y luego, cuando sus manos descendieron hacia su vientre, la sintió estremecerse, y la oyó suspirar de placer cuando la agarró por las nalgas para atraerla hacia sí. Millie arqueó la espalda, pidiéndole más, pero Khalid decidió que era el momento de parar.

–¿Por qué? –protestó ella, visiblemente decepcionada.

–Porque no se puede tener tanta ansia. Hay que aprender a esperar –murmuró contra sus labios.

–¡Pero es que yo no quiero esperar! –exclamó ella.

Bueno, podría cambiar de opinión, pensó Khalid. Millie suspiró temblorosa cuando le separó las piernas con el muslo y deslizó una mano hacia su pubis. Tal y como se había imaginado que ocurriría, Millie gimió excitada.

–Aún no –le susurró, acariciándole el lóbulo de la oreja con la lengua y su cálido aliento.

–Entonces, ¿cuándo? –inquirió ella con voz trémula.

Khalid la tomó de la mano y la llevó por un pasillo hasta su dormitorio, pero cuando hubo cerrado la puerta tras ellos, envolviéndolos en un tenso silencio, se dio cuenta de que de nuevo estaba yendo demasiado deprisa. Siempre había tenido a gala su férreo autocontrol, pero con Millie allí su capacidad de autocontrol pendía de un hilo. Deseaba tanto a Millie que si ella hubiera sido una mujer con más experiencia no se lo habría pensado y estaría poseyéndola ya contra la puerta, dándoles a ambos el alivio que ansiaban.

–Te necesito… –susurró Millie contra su cuello, atormentándolo aún más.

–¿Como quien necesita un vaso de agua para calmar la sed? –sugirió él.

–No. Es más que eso –le aseguró ella–. Mucho más que eso… –insistió con voz trémula por lo excitada que estaba.

La pasión llameaba en sus ojos, aniquilando la razón, y Khalid tenía la sensación de que él corría el mismo peligro.

–Por favor… –le suplicó Millie, agarrándolo por la hebilla del cinturón.

Las manos le temblaban mientras luchaba por desabrochárselo. Gruñó irritada, y gimió cuando por fin lo logró. Le desabrochó también el botón de los vaqueros, y cuando fue a bajarle la cremallera casi podría decirse que esta se abrió de sopetón, dejando libre su tremenda erección. Millie se quedó mirándolo boquiabierta, tan sorprendida que a Khalid le entraron ganas de reírse, pero se contuvo para no estropear la tensión sexual del momento. Pero entonces Millie lo sorprendió a él al exclamar:

–¡Es imposible que eso quepa dentro de mí!

Y los dos se echaron a reír.

–Me vuelves loco, Millie Dillinger –murmuró Khalid.

Aquello se estaba convirtiendo en algo más que una seducción. Se estaba dando cuenta de lo mucho que de verdad le gustaba aquella mujer.

–Lo digo en serio –insistió Millie–. Es enorme.

–Puede que te sorprendieras…

–Estoy segura de que te encantaría sorprenderme –dijo ella–. ¿Eres un semental, o esto entra dentro de los parámetros normales de la anatomía masculina?

–¿Es que no lo sabes? –inquirió él. O bien era virgen, o tenía menos experiencia que cualquiera de las mujeres que había conocido hasta entonces–. Para mí… esto es normal.

–Umm… –murmuró ella, como sopesando sus palabras–. Justo lo que pensaba. Y me alegra que lo encuentres divertido –añadió cuando él se rio.

–No me estoy riendo de ti –le aclaró él, apartándose para volver a cerrarse el pantalón–. Es que me divierte esa forma tan particular que tienes de ver las cosas –volvió a su lado, la tomó de la barbilla e inclinó la cabeza hacia ella–. Hay algo que tengo que preguntarte: ¿siempre eres tan temeraria? –susurró contra sus labios.

Millie se estremeció de deseo, pero Khalid vio en su mirada que la había aliviado que hubiese echado el freno.

–Nunca –le confesó con franqueza.

Sí, la verdad era que Millie se había sentido aliviada de que Khalid hubiera parado aquella locura, pero por otro lado también se sentía decepcionada, y enfadada consigo misma. No podía negar que le encantaría tener un apasionado encuentro sexual con él, pero no podía olvidar quién era y que podía ser que hubiera encubierto a su hermano. Aquello no debería estar pasando; tenía que encontrar la manera de salir de aquello con dignidad.

–No tienes por qué sentir vergüenza –le dijo Khalid, acariciándole la mejilla con ternura.

–No debería haber vuelto –murmuró ella.

–Tonterías –replicó él–. De hecho, me habría sorprendido que no hubieras vuelto, cuando sé que aún hay muchas preguntas que quieres hacerme. Nadie puede pretender que olvides lo que ocurrió aquella noche.

Sin embargo, Millie no podía evitar sentirse culpable mientras intentaba relegar a un rincón de su mente los besos que acababan de compartir, cómo la había tocado Khalid, y el modo en que ella había respondido a esas caricias, como un animal en celo. Su falta de experiencia había jugado en su contra. Khalid estaba ofreciéndole una salida, pero, por irracional que resultase, no quería esa salida; quería quedarse con él, quería pasar más tiempo con él, quería que volviera a tocarla, a besarla...

–Tengo que dejarte; no puedo desatender a mis invitados –le dijo Khalid alejándose hacia la puerta–. Nos vemos luego.

Capítulo 7

S ENTADA en el salón de la suite, mientras esperaba a que regresara Khalid, Millie todavía sentía un cosquilleo por todo el cuerpo por las caricias de Khalid. Se irguió en el asiento y miró la hora en su teléfono móvil. Se estaba haciendo tarde.

Estaba a punto de ir a buscar a Khalid cuando se oyeron unos golpes discretos en la puerta. Cuando fue a abrir se encontró con una joven que se presentó diciendo que se llamaba Sadie, y que era una de las doncellas que trabajaban en el barco.

–La secretaria de Su Majestad me envía para que la invite a venir conmigo al Pig&Whistle –le explicó.

–¿La secretaria de Su Majestad? ¿El Pig&Whistle? –repitió Millie confundida, sacudiendo la cabeza. Debía de parecer tonta.

–El Pig&Whistle es el bar para el personal del barco –le explicó Sadie. Parecía una persona muy alegre, y a Millie le cayó bien de inmediato–. Tenemos una tradición en *El Zafiro*: cuando Su Majestad celebra una fiesta nos permite que los empleados que no tengamos que servir en ella celebremos también nuestra propia fiesta, como esta noche. ¿Se viene?

Millie frunció el ceño preocupada. ¿Encontraría Khalid tiempo para seguir hablando con ella? Parecía que estuviera intentando desentenderse de ella.

–Bueno, me encantaría –le dijo con sinceridad–, pero…

Sadie parecía divertida, y pasar un rato en la fiesta de la tripulación siempre sería mejor que seguir allí sentada, esperando a que Su Majestad se dignase a aparecer.

–Lo pasará muy bien, se lo prometo –le dijo Sadie mientras abría la puerta–. Hay buena comida, música…

Llena de curiosidad por qué sería lo siguiente que le ocurriría, Millie finalmente se decidió y la siguió.

¿Pero dónde se habría metido? Khalid había pensado que Millie lo buscaría antes de que la fiesta terminase, pero la velada estaba tocando a su fin y los invitados que aún quedaban estaban marchándose.

Había hablado con los guardias, pero ninguno de ellos la había visto abandonar el barco. Un sudor frío lo recorrió y alertó al jefe del equipo de seguridad de que podía haber un problema. No, no podía ser que hubiera vuelto a pasar… Otra tragedia a bordo de *El Zafiro*… Era impensable…

–Quiero que registren cada rincón del barco –ordenó a sus guardias cuando se alinearon frente a él en cubierta.

–Sí, Majestad –respondieron al unísono, antes de separarse para desplegarse por el barco.

No podía dejar que le ocurriera algo malo a Millie, se dijo Khalid con fiereza, y siguió buscándola, decidido a encontrarla.

Millie había perdido por completo la noción del tiempo, pero es que hacía siglos que no se divertía

tanto. La tripulación de *El Zafiro* provenía de distintos países, y había un nutrido grupo de irlandeses que
llevaban la música, la risa y la diversión en las venas.
La fiesta en el Pig&Whistle era una auténtica locura,
y estaba bailando con Sadie una animada canción
irlandesa.

De repente ocurrieron tres cosas: un tipo agarró a
Sadie en volandas y se la llevó, dejando a Millie bailando sola, la música paró y todo el mundo se volvió
hacia la puerta. Allí estaba plantado Khalid, con expresión severa, como el ángel oscuro de ocho años
atrás, que había irrumpido en la fiesta de su despótico
hermano. A Millie, que tenía las mejillas ardiendo y
el rubio cabello revuelto por el baile, se le borró la
sonrisa de los labios y parpadeó aturdida.

—Continuad con la fiesta, por favor —dijo Khalid
mientras entraba—. Seguid tocando —instó a los músicos.

Estos comenzaron a tocar de nuevo, y enseguida
fue como si la fiesta no se hubiese interrumpido.

—Lo siento; yo… —balbució Millie cuando Khalid
llegó junto a ella.

Antes de que pudiera terminar la frase, él le puso
una mano en la espalda y la sacó al pasillo.

—¿Cómo es que aún estás aquí? —le preguntó en un
tono gélido, volviéndose hacia ella tras haber cerrado la puerta.

Millie frunció el ceño.

—Pues porque aún tenemos que hablar, y porque
tu secretaria…

—Le di órdenes a mi secretaria de que te hicieran
venir aquí para que comieras algo. Como te mar-
chaste en medio de la fiesta y te perdiste la cena

pensé que tendrías hambre. Pero no pensé que fueras a quedarte aquí. Debería haber hecho que me informaran de que estabas aquí. ¿O es que ha olvidado los riesgos que puede correr una mujer sola en un barco tan grande? He hecho que mis guardias se pusieran a buscarte.

—No, claro que no he olvidado los riesgos, y te pido perdón por haber causado tantas molestias, pero creí que querías que siguiéramos hablando. Estuve esperando y esperando en tu suite a que volvieras, y entonces llegó una empleada y me invitó a venir aquí siguiendo, según me dijo, órdenes tuyas. Quizá me equivoqué, pero… mira lo tarde que es —murmuró Millie, señalando su reloj—. ¿Habrías preferido que deambulara por la cubierta todo este tiempo, esperando una señal tuya que me indicara cuándo te convenía que hablásemos?

Khalid permaneció callado.

—¿Y bien? ¿Vamos a hablar? —insistió ella—. Supongo que antes querrás despedir a tus invitados, pero no me importa esperar —le aseguró—. Y no te quitaré mucho tiempo —añadió al ver que seguía sin decir nada—, porque debería irme ya; se ha hecho muy tarde —repitió.

—¿Y cómo piensas volver?, ¿a nado?

—¿Que cómo…? —Millie lo miró confundida—. ¿A qué te refieres?

—Pues a que abandonamos el puerto hace casi una hora.

Millie se quedó muda. No sabía qué decir. Estaba atrapada en medio del mar…

—Pero… ¿y tus invitados?

—Desembarcaron antes de que zarpáramos.

–¿Y a dónde nos dirigimos? –inquirió ella, tratando de recordar cuál era el puerto más cercano a King's Dock en la costa sur de Inglaterra.

–A Khalifa –contestó él, como si fuera algo obvio.

–¿A Khalifa? –repitió Millie palideciendo–. Pero eso está a miles de kilómetros.

Khalid se limitó a asentir, y Millie tragó saliva.

–¿Y no podríamos parar antes en algún sitio para que yo me bajara? –inquirió desesperada.

–Esto no es un autobús, Millie Dillinger.

–No, claro, lo sé. Es que… –balbució Millie. Por primera vez en su vida no sabía qué hacer–. Bueno, la señorita Francine se preocupará –fue todo lo que acertó a decir.

–Puedes llamarla –sugirió Khalid–. Ven, te sentirás mejor cuando hayas comido algo, ya lo verás.

Millie lo dudaba mucho, pero como no le quedaba elección lo siguió hasta el gran salón, donde parecía imposible imaginar que se hubiese celebrado una cena con todos los invitados hacía poco más de una hora. Estaba todo limpio y recogido.

–Aprovecha para llamar a la señorita Francine –le dijo Khalid–. Yo mientras pediré que nos preparen unos aperitivos.

Millie pensó que la señorita Francine a esas horas no respondería al teléfono, pero resultó que no solo estaba despierta, sino que, cuando le contó lo que le había ocurrido, le respondió muy risueña para sorpresa de Millie:

–Saca provecho de la situación y pásalo lo mejor que puedas.

–¡Pero es que estoy atrapada en medio del mar

con el jeque! –dijo Millie en voz baja, lanzando una mirada a Khalid, que estaba a unos metros, hablando con un empleado.

–¡Pues mejor! –replicó la señorita Francine–. ¿Sabes cuántas chicas querrían estar en tu lugar?

–Pero… ¿qué me está diciendo, señorita Francine? –exclamó Millie con incredulidad.

–Que en la vida hay que tomar muchas decisiones, y tú hasta ahora siempre has hecho lo correcto, Millie Dillinger.

–Ojalá tuviera la confianza que tiene usted en mí –murmuró Millie–. Me siento como si al subir a bordo de este barco me hubiera dejado en tierra el sentido común.

–Tonterías –replicó la señorita Francine con firmeza–. No te irá mal desconectar un poco. De hecho, podría hacerte mucho bien.

Para cuando colgó, al menos tenía el consuelo de que su vieja amiga tenía plena confianza en ella. En ese momento se abrieron las puertas y entraron varios camareros con bandejas repletas de deliciosa comida.

–No creo que pueda comerme todo esto –protestó Millie cuando se hubieron sentado a la mesa.

–No te preocupes –la tranquilizó Khalid–; me tienes aquí para ayudarte –dijo tendiéndole una fuente para que se sirviera.

–La verdad es que no tengo…

–¿Hambre? –sugirió él. Cuando a Millie se le encendieron las mejillas, añadió con suavidad–: ¿O es que te sientes culpable por haberte convertido en un polizón?

–Pensaba que era tu invitada.

–Todos mis invitados se han marchado –le recordó él–. Todos… excepto una –la picó divertido–. Tranquila, no te cobraré el viaje.

Por lo menos ahora tendrían ocasión de hablar, pensó Millie.

–¿Seguro que no pararemos en algún puerto antes de llegar a Khalifa? –insistió.

–Me temo que no. Disfruta del viaje –le recomendó Khalid mientras se servía de otra fuente–. Me ocuparé de que te traigan de vuelta en mi avión privado cuando lleguemos.

–Prefiero un vuelo comercial, gracias –le contestó Millie. No quería deberle nada–. Y si en vez de eso me dejaras bajar en un puerto a medio camino, sería aún mejor.

–No tiene que preocuparte, seré un anfitrión muy cortés –le aseguró Khalid–. Hasta te instalaré en el mejor camarote de invitados, el de las sábanas doradas –añadió guiñándole un ojo–. Iba a alojar en él a mi amigo Tadj, pero algo lo ha retenido en tierra. O más bien alguien: tu amiga Lucy.

Aquello iba de mal en peor. Ahora también tendría que preocuparse por Lucy. No, Lucy sabía cuidar de sí misma, se recordó. Y ella tenía problemas más apremiantes de los que ocuparse.

–Pero es que ni siquiera tengo una muda de ropa… –murmuró.

–Te equivocas –replicó Khalid volviéndose hacia ella con una sonrisa traviesa–: tiene un vestidor lleno.

–¿Tenías planeado todo esto? –exclamó ella indignada.

Khalid levantó las manos, como para aplacarla.

–Antes de zarpar me encargué de que trajeran ropa de los mejores diseñadores para que tengas donde elegir.

–¿Y esperas que te lo agradezca? –le espetó ella–. Me siento como si me hubieras manipulado desde el principio.

–*Touché*. Veo que no se te escapa nada.

–Entonces, ¿lo admites? –exclamó Millie con incredulidad.

Khalid ni siquiera parpadeó.

–¿De qué sirve ser inmensamente rico si no puedes darte un capricho de vez en cuando? Londres ofrece todo tipo de artículos de lujo y está solo a unos minutos en helicóptero de King's Dock.

–Voy a mi camarote; necesito refrescarme un poco.

–Adelante –respondió él levantándose, con un cortés ademán en dirección a la puerta–. Estoy seguro de que no te decepcionará lo que encontrarás en el vestidor. Ya me dirás qué te parece cuando vuelvas.

¡Cómo la enfurecía aquel hombre!, pensó Millie resoplando mientras abandonaba el salón. Tal y como Khalid había dicho, el vestidor estaba repleto de ropa de la mejor calidad y las firmas más destacadas.

Khalid, entretanto, se divertía pensando en que, si con esas fruslerías no bastaba para ganársela y convencerla de que se relajara y disfrutara del viaje, ya se le ocurriría otra cosa. No era un santo ni pretendía serlo. Millie ya no era una chiquilla, sino una mujer, y muy atractiva, y tenían un largo trayecto por delante…

Capítulo 8

CUANDO el servicio hubo retirado los platos y Millie regresó, mostrándose altiva, pero visiblemente impresionada con lo que había encontrado en el vestidor, la persuadió para que bajaran a dar un paseo por la cubierta inferior.

—No tendría problema en dormir en uno de los camarotes reservados al personal –le aseguró Millie apoyándose en la barandilla–. Deberías reservar ese camarote tan pomposo para alguien que aprecie los lujos.

—Relájate y disfruta –le dijo Khalid–. De todos modos, no puedes ir a ninguna parte.

Millie se giró hacia él.

—Me cuesta relajarme a bordo de este barco –le confesó.

—Es comprensible –respondió él en un tono quedo.

Millie no podía dejar de mirar su boca. Tenía que parar, pero… ¿cómo, cuando no podía olvidar sus besos?

—Estoy pensando que sí debería pagarte algo por el viaje.

Khalid se rio.

—Seguro que podremos llegar a algún tipo de acuerdo –dijo enarcando una ceja.

—Me refiero a una transacción puramente comercial –le aclaró ella.

–Y yo. ¿A qué creías que me refería si no?

Millie apretó la mandíbula y no contestó.

–Aunque deberías saber que no acepto pagos aplazados.

–No se tome esto a broma, Majestad.

–Creo que en el punto en el que estamos puedes llamarme simplemente «Khalid».

–Gracias… Majestad –repitió ella con retintín. No le parecía buena idea en absoluto–. Si lo prefieres…

–Sí, lo prefiero. Llámame «Khalid» –insistió él en un tono impaciente.

Vaya… Parecía que no estaba acostumbrado a que lo desobedecieran, pensó Millie.

–Por supuesto, jeque Khalid –dijo para picarlo–. Soy consciente del gran honor que me concedes al permitirme llamarte por tu nombre de pila, así que en adelante te llamaré siempre así: «jeque Khalid».

Aquello lo hizo gruñir de irritación.

–Soy un hombre como otro cualquiera.

–Ya lo creo que no –replicó ella–. Y si estoy aquí es porque estoy esperando a que me cuentes la verdad sobre lo que le ocurrió a mi madre y…

–¿Hay otro motivo? –inquirió él, frunciendo el ceño.

–Sí, que estoy atrapada en este barco, que para volver tendría que nadar kilómetros y kilómetros y que el agua está muy fría.

Khalid se echó a reír. Le gustaba el sonido de su risa. La verdad era que…

Cuando de repente la atrajo hacia sí, se le escapó un gritito.

–Y ahora que te tengo atrapada entre mis brazos, ¿qué vas a hacer? –le preguntó.

Millie se habría enfadado si no fuera por el brillo juguetón de sus ojos, y porque no la asustaba, sino que la excitaba.

—Suéltame —le dijo.

—¿Y si me niego? ¿Qué harás entonces?

—Te daré un rodillazo en tus reales partes.

Khalid volvió a reírse.

—Te lo perdono porque lo has dicho con mucha gracia —replicó, y en sus labios se dibujó una sonrisa que por un instante la dejó sin aliento.

—Eres terrible, jeque Khalid —murmuró, notándose la garganta repentinamente seca.

—Sí que lo soy —asintió él con despreocupación.

¡En buena hora se le ocurrió a Millie bajar la vista de nuevo a su boca!

—¿Quieres que te bese? —le preguntó Khalid.

Millie inspiró temblorosa.

—Estaría bien —admitió.

—¿Bien? —inquirió él frunciendo el ceño.

—¿Muy bien? —sugirió ella.

Millie se humedeció los labios con la lengua de un modo que a Khalid se le antojó irresistiblemente seductor. ¿Lo había hecho a propósito? Sí, seguro que sí, pensó. Sus ojos brillaban de un modo travieso.

—Y cuando me hayas besado quiero que me cuentes la verdad —le dijo ella—, sin cortes.

—Estás jugando con fuego —le advirtió Khalid.

—Lo sé —contestó ella.

Él se echó a reír.

—Te llevas el premio a la mujer más irritante de todas las que he conocido.

—Bien, porque detestaría haber quedado en un segundo puesto.

–Si te convirtieras en mi amante no tendrías que competir con ninguna otra mujer.

–¿Tu amante? –repitió Millie, como con desagrado–. Olvídalo. Dime lo que quiero saber y esto habrá terminado.

–Se terminará cuando yo diga que ha terminado –le espetó él, perdiendo la paciencia.

–¿Es que piensas que no me merezco conocer la verdad? –lo increpó ella molesta–. ¿O quizá crees que no sería capaz de encajar la verdad? Porque, si es así, te equivocas.

Khalid jamás se había encontrado con una mujer que se le resistiese de esa manera, y la situación lo divertía.

–Está bien –dijo soltándola y dando un paso atrás–. ¿Quieres que hablemos? Pues vamos a hablar.

Era lo que quería, pero ahora que él estaba dispuesto a hablar fue ella quien vaciló un momento. Tragó saliva.

–No tienes que preocuparte de herir mis sentimientos –le dijo, pensando que tal vez era eso lo que ocurría, que estaba intentando protegerla–. Pasé por todas las fases del duelo hace ocho años –añadió–. Mi madre fue una víctima. La prensa sensacionalista la retrataba como a una alcohólica patética, pero para mí siempre fue una estrella, y era mi madre, y la defenderé hasta mi último aliento. Si sabes algo sobre esa noche que pudiera contribuir a limpiar su recuerdo de esa imagen grotesca que forjaron de ella, necesito que me lo digas. Estoy segura de que esa noche mi madre vino aquí engañada, que creía que cantar en la fiesta de tu hermano la ayudaría a reflotar su carrera. Era lo único que tenía…

–No es verdad, Millie. También te tenía a ti.

–¡Sí, y la dejé aquí abandonada a su suerte! –exclamó ella, angustiada por la culpabilidad–. Y tu hermano se aprovechó de lo vulnerable que era mi madre. ¿Cómo puedes disculpar eso?

–Veo que aún me odias –murmuró Khalid.

–Dime algo que me haga cambiar de opinión sobre ti –le suplicó ella.

–Tu madre te puso en peligro esa noche al hacerte venir aquí, y eso es un hecho. Las fiestas de mi hermano tenían muy mala reputación, y ella debía de saberlo.

–¿Que me estaba poniendo en peligro? No, ella jamás habría hecho algo así.

–Depende de lo desesperada que estuviera, ¿no crees? –le contestó él, y se quedó mirándola un buen rato antes de preguntarle–: ¿Sabías que tu madre era adicta a las drogas?

A Millie de repente le faltaba el aliento. Había sospechado aquello muchas veces, pero nunca había tenido la certeza.

–¿Cómo sabes eso? –inquirió.

A pesar de lo doloroso que le resultaba, era como si hubiese encontrado la pieza que faltaba del puzle.

–Lo siento –dijo él en un tono quedo–. Me temo que es algo que debía de saber todo el mundo menos tú.

–Muchas veces lo sospeché –susurró ella–. Leí los rumores en la prensa, pero no quería creerlos. Nunca tomó drogas delante de mí, así que no tenía pruebas, pero... –se quedó callada un momento, armándose de valor para decir en voz alta lo que no se atrevía a decir–. Si tu hermano llevó a mi madre como una atracción de feria para divertir a sus invitados… ¿para qué me hicieron ir a mí, para tener a alguien más de quien burlarse? ¿Te habló tu hermano de eso?

Khalid no pretendía destrozar a Millie, sino hacer desaparecer los fantasmas de su pasado. Su hermano no había tenido límite alguno en sus perversiones, y por eso, por más que Millie quisiera la verdad, no le quedaba otra solución que ofrecerle una media verdad si no quería causarle aún más dolor.

–Esa noche, cuando llegué, no sabía que se estaba celebrando una fiesta a bordo –le explicó–. Y en cuanto a la drogadicción de tu madre… por desgracia no es inusual que los artistas sean presa de traficantes despiadados y sin escrúpulos.

–Pero eso no explica su muerte –replicó Millie, frunciendo el ceño.

No podía decirle que había perseguido al camello de su madre hasta que había llegado la policía, ni que él había estado en el muelle cuando habían sacado del agua el cuerpo de Roxy. Había intentado comprobar si tenía pulso, y había visto los zafiros que se desparramaban por el escote de su vestido. Los había recogido antes de que le dijeran que se apartase, para que así al menos no la acusasen de ladrona.

–¿Cayó al agua o la empujaron? –inquirió Millie.

Su voz sonaba ronca, sus facciones estaban tensas y se la veía muy pálida. Se merecía una respuesta sincera, y en eso al menos podía ser sincero.

–El traficante la empujó al agua.

Un gemido ahogado escapó de labios de Millie y Khalid le relató el resto, o más bien su interpretación de lo que debía de haber ocurrido. Suponía que Roxy había intentado pagarle con zafiros, que el camello debía de haber dado por hecho que eran falsos y que eso habría desatado su ira. Él había visto poco más que el final de la pelea entre ambos. *El Zafiro* era una embarcación tan grande que para cuando había bajado al muelle y avisado a gritos a la policía mientras corría, ya era demasiado tarde para salvar a la madre de Millie.

—Entonces… viste cómo ocurrió —murmuró ella, tensa.

—No puedo decir con precisión qué ocurrió —le dijo Khalid con sinceridad—. Estaba demasiado lejos, era de noche y el agua estaba oscura.

—Pero avisaste a la policía, así que debías de saber que algo iba mal.

—Oí un grito; eso fue lo que llamó mi atención.

—Te pedí que volvieras a bordo y sacaras a mi madre —musitó Millie. Su dolor y su frustración se desbordaron—. ¡Eres un bastardo! —exclamó, abalanzándose sobre él para golpearlo en el pecho—. ¡La dejaste tirada! ¡Y sé que hay algo que no me has contado, lo sé!

Khalid la agarró por las muñecas para detenerla.

—Basta, Millie. Eso ya pertenece al pasado.

Mientras se revolvía contra él, deseó poder hacer algo, decir algo…, pero lo único que podía hacer era esperar a que remitiese ese arranque de ira, y cuando cesó y Millie se derrumbó contra él, agotada, dejó que sollozase contra su pecho.

Cuando se hubo calmado, la apartó de sí y la tomó de la mano.

—Ven —le dijo, tirando suavemente de ella.

—¿Dónde vamos? —le preguntó Millie.

—A la cama.

—¿Te has vuelto loco? —exclamó—. ¡Suéltame!

Khalid la ignoró y la condujo hasta el ascensor que llevaba directamente a su suite. Pulsó el botón para que se abrieran las puertas y en cuestión de segundos la tuvo acorralada contra la pared acolchada. De nada le sirvió a Millie revolverse porque Khalid se interponía en su camino, bloqueándole la salida mientras las puertas se cerraban.

—Mi intención no es hacerte olvidar el pasado —le dijo Khalid quedamente, mientras ella permanecía pegada a la esquina del ascensor, tiesa como un palo—, sino ayudarte a enfrentarte a los hechos.

Las emociones de Millie se dispararon. Tenía que haberse dado cuenta del trauma que supondría para ella volver allí. Si no hubiera dejado sola a su madre años atrás aquello no estaría pasando y su madre seguiría viva.

—No —murmuró Khalid al verla taparse el rostro con las manos—, lo que pasó no es culpa tuya.

El ascensor empezó a subir. Millie intentó apartar a Khalid, pero él le agarró las muñecas con una mano, sujetándoselas contra la pared, por encima de la cabeza. Y entonces, inclinándose, le impuso silencio con un beso. Y no un beso cualquiera, sino uno que la hizo derretirse por dentro y olvidar el pasado. Justo lo que necesitaba en ese momento. Porque si seguía pensando en el pasado se volvería loca.

El ascensor empezó a detenerse, pero Khalid alargó el brazo libre al panel para pulsar el botón de la cubierta inferior, y luego otro para parar el ascensor entre las dos cubiertas.

—¿Qué estás haciendo? —le preguntó ella, algo tensa.

—Voy a domarte —respondió él, dejándola de piedra—. Voy a ayudarte a olvidar.

Mientras sus muñecas seguían presas bajo una de sus manos, la otra empezó a explorar sus senos. Millie estaba aturdida, excitada, enfadada… todo a la vez. Volvió a besarla, haciendo que le temblaran las rodillas, y le frotó los pezones con el pulgar, arrancando de ella dulces gemidos. Millie jadeó de deseo cuando tomó uno de sus pechos y luego el otro, sopesándolos y acariciándolos de un modo de lo más seductor. No podía articular palabra.

—El fuego del deseo brilla en tus ojos —murmuró él, como complacido—. Pero si quieres que pare…

Prisionera de sus eróticas caricias, lo último que Millie quería era que parase. Y, cuando tomó posesión de sus labios de nuevo y deslizó la lengua dentro de su boca, lo encontró tan excitante, tan tentador, que enroscó la suya con la de él y se arqueó contra él. Necesitaba sentir ese cuerpo musculoso apretado contra el suyo. Desesperada, se frotó contra él sin el menor pudor, y ronroneó de placer cuando la mano de Khalid subió lentamente por su pierna.

Khalid nunca había sentido un ansia semejante por dar placer a una mujer. Introdujo el muslo entre los de ella para abrirle las piernas, y en cuanto la tocó, Millie gritó excitada y se frotó contra su mano.

—No tan deprisa —le advirtió él.

Le soltó las muñecas y le sujetó las caderas con esa mano mientras con la otra le acariciaba el pubis. Apartó el tanga y se puso a trazar círculos con el dedo en torno al clítoris, que tanto ansiaba su atención. Aquello era una tortura para él, pero con tantos días por delante como iban a pasar en el mar, bien podía permitirse tomarse su tiempo.

—¡Por favor! —le suplicó Millie, temblorosa.

Agarrándose a él, arqueaba las caderas, desesperada por que le diera lo que necesitaba. Khalid la besó y sonrió cuando ella lo amenazó con hacerle pagar por atormentarla así. A él le bastó con cambiar la posición de su dedo unos milímetros para complacerla. Incrementó la presión y el ritmo de sus caricias, y pronto Millie alcanzó el clímax entre gritos de placer. Había esperado mucho tiempo, pensó Khalid, y necesitaría mucho más para quedar saciada.

Sosteniéndola entre sus brazos hasta que el orgasmo hubo remitido, la besó y le preguntó en un murmullo:

—¿Seguimos con esto en la cama?

—Donde sea… —respondió ella jadeante.

Khalid pulsó un botón para que el ascensor subiera, y cuando llegaron a la cubierta superior tomó a Millie en volandas y la llevó a su suite.

Capítulo 9

TRAS tenderla en la cama, Khalid se quitó los zapatos. A Millie le ardían las mejillas de incredulidad y excitación por lo que acababa de hacer y por lo que estaba a punto de hacer. De pronto, igual que la bruma se disipa al salir el sol, se había esfumado de su mente toda idea de abandonar el yate lo antes posible y olvidar que aquello había pasado.

Cuando Khalid quedó desnudo frente a ella, Millie tragó saliva. Era como un coloso, con unos músculos tan definidos como los de una estatua de Miguel Ángel. Era tan bello, tan perfecto, tan bien proporcionado…

—No irás ahora a ponerte tímida, ¿no? —le preguntó él divertido.

—Pues claro que no —replicó ella.

Sin embargo, por el tono de su voz, Khalid supo que sí se sentía cohibida. Se tendió junto a ella, pero se quedó incorporado para mirarla, con la barbilla apoyada en la mano. Sabía lo mucho que la excitaba que la mirara.

—Sé que me deseas —murmuró.

Y la leve sonrisa de sus labios hizo que Millie lo deseara aún más.

—No tanto como tú me deseas a mí —replicó.

Khalid encogió un hombro y apretó los labios.

–Si no me desearas… ¿por qué íbamos a estar aquí? –apuntó ella–. A menos que compartas la cama con todas tus invitadas.

Aquello lo hizo reír.

–Millie, Millie, Millie… ¿Crees que tengo por norma para el ascensor entre las dos cubiertas?

–No lo sé. Prefiero no pensarlo –admitió ella–. Estoy segura de que hay mujeres que creen que pueden beneficiarse de algún modo acostándose contigo, pero yo no soy así.

Khalid, que había estado jugando con un mechón de pelo de Millie entre los dedos mientras la escuchaba, la atrajo hacia sí.

–No, no lo eres –susurró.

Quería sobre todo darle placer, hacer que fuera una experiencia muy especial para ella. Millie era joven e inexperta, y no se merecía menos. Comenzó por recorrer su cuerpo con largas caricias, para hacer que se relajara, mientras la besaba.

–¿Cuánto va a durar este tormento? –le preguntó Millie, impaciente.

–Tanto como lo considere necesario.

Un gemido escapó de los labios de Millie cuando Khalid la hizo rodar con él para colocarla sobre él. En esa postura era imposible ignorar la presión de su miembro erecto. Su considerable tamaño la intimidaba a la vez que la excitaba, y se estremeció nerviosa, pero decidió dejar a un lado sus temores y entrelazó sus piernas con las de Khalid para demostrarle que confiaba en él.

Khalid la besó de nuevo mientras continuaba atormentándola con suaves caricias antes de hacerla rodar de nuevo con él para volver a ponerse encima de ella. La besó en el cuello y siguió bajando beso a beso para darse un festín con sus pechos. Cada vez que succionaba sus pezones, Millie sentía que su sexo palpitaba de deseo.

–¿Es esto lo que quieres? –le preguntó Khalid con una sonrisa lobuna, levantando la cabeza.

–Como si no lo supieras… –susurró ella.

Khalid deslizó las yemas de los dedos por sus senos y sus manos descendieron despacio hasta su vientre. Millie no habría podido imaginarse nada más erótico.

–¿Y esto? –inquirió él, separándole las piernas.

–Sí… Sí… –gimió ella.

Khalid le levantó las caderas y le colocó debajo un almohadón antes de hacerle colocar las piernas sobre sus anchos hombros. Millie casi perdió el control cuando sintió el primer roce de su lengua. Jamás había experimentado nada igual. Al notar lo excitada que estaba, Khalid levantó la cabeza y le advirtió muy serio:

–Contente hasta que yo te dé permiso. Si estoy yendo despacio es porque así sentirás aún más placer.

Millie era una alumna obediente, pero nada podría haberla preparado para lo que llegó a continuación. Khalid sabía exactamente cómo prolongar su placer, pero llegó un momento en que sintió que ya no podía más.

–Khalid, por favor… –le suplicó.

Él se prodigó un poco más en sus atenciones, pero no era suficiente. Millie echó la cabeza hacia atrás y cerró los ojos, resignada, cuando Khalid volvió a parar, pero cuando volvió a abrirlos la expresión de sus ojos hizo que le palpitara con fuerza el corazón.

Y, cuando volvió a inclinar la cabeza para empezar a lamerla de nuevo, el placer que experimentó arrancó de su garganta gemidos intensos y entrecortados. Se aferró a las sábanas con las dos manos con tanta fuerza que se le pusieron los nudillos blancos. ¿Cuánto más se suponía que tenía que aguantar?

Le encantaba sentir las manos de Khalid en sus nalgas, tan fuertes, que la sujetaban con firmeza mientras la devoraba. Abrió las piernas un poco más y de pronto se encontró flotando, suspendida en un limbo de intensas sensaciones donde no tenía cabida pensamiento racional alguno.

–Ahora –murmuró Khalid.

A Millie no hizo falta que se lo repitiera. Movió las caderas, ansiosa, deleitándose con las oleadas de placer que la sacudían mientras Khalid la lamía rítmicamente. Era increíble. Estaba descubriéndole un mundo de sensaciones que jamás se habría imaginado, y no mostró piedad alguna mientras ella gemía, en éxtasis, hasta que se derrumbó, exhausta, pero ansiando más.

–Estás dispuesta… –murmuró Khalid–. Abre bien las piernas –le indicó.

Millie obedeció al punto. Estaba impaciente, y cuando Khalid empezó a penetrarla no podía pensar en otra cosa. Al notar que se apartaba, emitió un gemido de protesta.

–¿Sí? –bromeó él.

Millie se agarró a su cintura y arqueó las caderas, impaciente. Khalid la atormentó, frotándose contra ella antes de hundirse de nuevo en su sexo, pero apenas un par de centímetros.

—¡No! —protestó Millie enfadada cuando volvió a apartarse.

—Te he dicho que iríamos despacio —le explicó él con voz ronca.

Millie no quería ir despacio. Quería que la penetrara hasta el fondo, que la embistiera deprisa, con fuerza.

—Por favor... —le suplicó, retorciéndose de manera provocativa debajo de él.

Khalid la agarró de las muñecas y se las sujetó por encima de la cabeza con una mano mientras empezaba a penetrarla de nuevo, hundiéndose poco a poco en ella.

—Sí... —jadeó ella excitada—. Ah... sí...

Cuando la penetró por completo, movió las caderas en círculos y de lado a lado, haciendo imposible que no perdiera el control.

—Te has portado muy mal —la regañó Khalid cuando sus gritos de placer se hubieron acallado—. ¿Acaso he dicho que podías dejar de contenerte?

—Tampoco me has dicho que no pudiera —replicó ella.

Pero entonces Khalid empezó de nuevo, y se le pasaron las ganas de discutir. Millie se puso a mover las caderas también, respondiendo a cada una de sus embestidas y disfrutando con las nuevas olas de placer que estaban cabalgando juntos. Jamás habría pensado que el sexo pudiera ser tan increíble, ni que se le haría tan necesario como respirar.

—Es como si nunca fuera a saciarme de ti —murmuró jadeante contra su pecho, cuando el clímax de ambos se hubo disipado.

—Estoy impaciente por que me lo demuestres

—contestó él, y la besó con tal ternura que Millie no pudo evitar que se le saltaran las lágrimas.

¿Pero cómo podía ser tan bruto?, se increpó Khalid, paseándose arriba y abajo por el balcón de su camarote. Estaba rayando el alba. Millie aún estaba dormida, así que al menos tenía la oportunidad de estar a solas y pensar. ¿Qué pretendía?, ¿pisotear otra vez los sentimientos de Millie? Estrujó en su mano la nota que le habían entregado y maldijo para sus adentros.

Antes de que le hicieran llegar esa nota, en la ducha, había estado haciendo planes de llevarla al desierto con él para mostrarle su belleza, pero de repente todo había cambiado. Había llegado a Khalifa una posible prometida, sin haber sido invitada, y estaba esperándolo en palacio con su familia.

Esclavo como era de sus obligaciones, y decidido como estaba a ser un mejor monarca que su hermano, Saif, que casi había arruinado el país con sus excesos, le debía a su pueblo contraer un matrimonio provechoso y proporcionar un heredero a la casa real. Se esperaba de él que forjase así una alianza política, una ventajosa transacción con algún país vecino para reforzar las fronteras y mejorar el comercio. Lo que él quisiera para sí era irrelevante.

«Pues cambia las reglas». Khalid resopló nada más pensar eso. Imposible… El complicado engranaje de su mundo, que estaba regido por las tradiciones, se movía muy despacio. No, no tenía por qué ser así, se dijo. Y tomó su móvil para llamar a uno de sus asistentes en palacio.

–Pasaré el próximo mes en el campamento del desierto –le dijo–. Por favor, exprese mis disculpas a la princesa y su familia. Les compensaré con una generosa donación a su proyecto para la protección de la fauna salvaje.

Se sentía triunfante cuando colgó, aunque quizá un mes para disfrutar de Millie no sería suficiente tiempo. Oyó pasos detrás de él, y al volverse y ver a Millie, envuelta en un chal, supo que había tomado la decisión correcta. Bañada por la luz del amanecer, era la viva imagen de la inocencia, pero el rubor que teñía sus mejillas delataba la pérdida de esa inocencia.

–Te echaba de menos –susurró Millie, abrazándose a él.

Cuando alzó el rostro para mirarlo le brillaban los ojos de amor.

–¿Has dormido bien? –le preguntó Khalid.

–¿Tú qué crees? –murmuró Millie.

Y en vez de mirar a la popa, donde ya no se divisaban las costas de Inglaterra, miró hacia proa con él, en dirección a Khalifa.

Se besaron, y Khalid enredó las manos en el lustroso y brillante cabello, que le caía en suaves ondas hasta la cintura. Estaba algo enredado, y eso le hizo recordar la noche de placer que habían compartido. Volvió a besarla, y le dijo:

–Ve a vestirte; tienes que estar lista dentro de media hora.

–¿Para qué?

–Para proseguir con esta aventura –le explicó él–. Primero en helicóptero, y luego en mi avión privado hasta Khalifa.

–Khalifa… –murmuró ella, entre ilusionada y preocupada.

–No vayas a cambiar de opinión ahora –le advirtió él con buen humor–. Sé que estás impaciente por ver mi país.

Millie se mordió el labio inferior.

–Sí que siento curiosidad –admitió.

–Prepara una maleta con lo esencial –le dijo Khalid–. Encontrarás una en el vestidor de tu camarote. Todo lo demás que puedas necesitar lo tendrás cuando lleguemos a nuestro destino.

Cuando Millie vio el desierto por primera vez, se quedó sin aliento. Después de volar bajo sobre un mar de un azul intenso, habían aterrizado en un helipuerto cerca de la playa, donde había una carpa y los aguardaba una comitiva de la guardia real formando en línea para darles la bienvenida. El uniforme consistía en una túnica y bombachos negros con un cinto del que colgaba una cimitarra. Intimidaban bastante y mientras miraba a su alrededor, tratando de grabarlo todo en su mente, Millie tuvo la sensación de que aquello era irreal. Con el cielo azul, el sol abrasador y la blanca arena, que se extendía hasta donde alcanzaba la vista, parecía una escena sacada de una película.

Sobre la inmensa tienda de lona blanca ondeaba la insignia de Khalid: la silueta de un halcón en negro y dorado sobre un fondo rojo. No se veía ninguna limusina o todoterreno esperándolos para llevarlos a su próximo destino; solo unos caballos a la sombra de un gran toldo.

–Bienvenida a Khalifa –le dijo Khalid–. ¿Qué te parece?

–Es impresionante –respondió ella–. Desde luego, es un contraste enorme con Inglaterra.

Aquello era una locura. Estaba a miles de kilómetros de cualquier lugar conocido para ella, y solo llevaba consigo su móvil, al que ya no le quedaba demasiada batería. No tenía más remedio que confiar en Khalid.

–Ven; dentro estaremos más frescos –dijo él conduciéndola a la tienda.

Tenía razón. En el interior de la enorme tienda, hacía una temperatura muy agradable. Khalid se descalzó, y ella hizo otro tanto. Ricas alfombras cubrían el suelo.

–Es increíble –murmuró Millie, acercándose a admirar el tapiz que colgaba de una de las paredes–. ¡Qué sensación de paz se respira aquí dentro! –exclamó. En el aire flotaba un olor a especias–. Me encanta –dijo volviéndose hacia Khalid.

Aquello no era una réplica de Hollywood de la tienda de un rey guerrero, sino un santuario, iluminado por la suave luz de unos farolillos dorados. En un rincón había varios taburetes tapizados en brillantes colores que daban un toque acogedor, y una mesita dorada con tentadoras fuentes de fruta fresca y jarras de zumo.

–Han preparado esto para nosotros –le dijo Khalid.

–Más bien para ti –lo corrigió Millie con una sonrisita.

–Y para ti; eres mi invitada –replicó él con suavidad.

–Sea como sea, es fabuloso. Esta tienda es como un palacio itinerante.

–Es que es justo lo que es.

–Eres un hombre afortunado –murmuró ella.

Khalid encogió un hombro, y Millie comprendió que para él todo aquello era tan normal como para ella su buhardilla sobre la lavandería.

–Tomaremos algo y nos cambiaremos antes de irnos –le dijo Khalid–. He dispuesto que te trajeran ropa apropiada para montar.

–¿No esperarás que monte a caballo? –exclamó Millie.

–Montarás conmigo –le dijo Khalid–. Si eres tan inexperta en eso como lo eras en la cama hasta ayer mismo, así irás más segura –le murmuró discretamente asegurándose de que no le oyeran los guardias.

Capítulo 10

CUANDO salieron de la tienda el aire era cálido y estaba impregnado del olor del océano. Los sirvientes llevaron el caballo de Khalid. El imponente animal no paraba de resoplar, relinchar y moverse nervioso. Desde luego, no era la montura que ella habría escogido, pensó Millie, mientras veía cómo montaba Khalid.

–¿No esperarás en serio que me suba a ese bicho? –murmuró cuando Khalid le dijo que se acercara para levantarla y sentarla delante de él–. Eso no es un caballo, es una bestia con malas intenciones.

–Pórtate bien, Burkan –le dijo Khalid a su caballo, dándole unas palmadas en el cuello. El animal resopló y agachó las orejas–. No te pasará nada –tranquilizó a Millie, tendiéndole la mano.

Negro como la noche y tan musculoso como su dueño, el caballo iba ricamente enjaezado en rojo y oro, como correspondía a la montura de un monarca. Pero también tenía un temperamento de mil demonios. Le recordaba a una serpiente a la que alguien hubiese azuzado con un palo.

–Ni hablar –replicó–. ¿No tienes una mula, o un burro?

–Su nombre significa «volcán» –le explicó Khalid, acariciando afectuosamente a su montura.

Burkan puso las orejas tiesas.

—Y veo que responde a los halagos, como la mayoría de los hombres —observó Millie con sorna.

Khalid se rio.

—Me temo que ando escaso de burros ahora mismo —le dijo—. ¿Vienes o no?

Millie vaciló un momento, pero finalmente se armó de valor y agarró su mano. No iba a dejarse asustar por un caballo temperamental.

Enseguida se pusieron en marcha, y no precisamente con un suave trote, sino al galope. Soltó un gritito y por un momento estuvo segura de que se caería, pero como Khalid la tenía bien sujeta, con los brazos rodeándole firmemente la cintura, se sintió más tranquila y empezó a relajarse.

—¿Todo bien? —le preguntó Khalid.

—¡Sí, sigo viva! —contestó ella.

Eso ya era bastante, pensó. Pero la verdad era que era estupendo. Dudaba que hubiera nada mejor que galopar por el desierto entre los brazos de un apuesto jeque.

Se alzaban dunas a ambos lados, y Millie no acertaba a imaginarse cómo podía nadie orientarse y no perderse en un lugar como aquel donde todo resultaba tan similar. Sin embargo, parecía que Khalid no tenía dificultad alguna en ese sentido.

Para Khalid, ver su patria a través de los ojos de Millie estaba siendo una experiencia maravillosa; era como ver el desierto por primera vez. Tiró de las riendas para que Burkan fuera más despacio, e hizo que se detuviera en lo alto de una duna para permitir a Millie admirar el mar de arena dorada que los rodeaba. Desmontó, la ayudó a bajar, y le mostró las huellas de un animal en lo que a quien no conocía aquellos parajes le parecería un entorno hostil a la vida. Millie se mostró fascinada por sus explicaciones acerca de la fauna del desierto, y se enfrascaron en una conversación sobre sus planes para ampliar las reservas naturales de Khalifa y proteger a las especies más amenazadas.

En un momento dado, al mirarla para ver su reacción a lo que le estaba contando, la encontró escuchándolo tan atenta que sintió que su corazón se henchía de una emoción parecida al amor. Estaba adentrándose en arenas movedizas, pensó, antes de incorporarse.

—Esto es tan hermoso… —murmuró Millie, irguiéndose también—. Eres muy afortunado.

—Sí que lo soy —asintió él.

Y se alejó para volver a subir a lomos de Burkan antes de que se le ocurriera decir algo que empeorara las cosas. Sus incipientes sentimientos por Millie no solo eran inapropiados, sino que además sería muy injusto darle falsas esperanzas. Pronto tendría que encontrar una prometida. Era su deber sentar la cabeza y asegurar la continuidad de su linaje para forjar una dinastía estable, como su pueblo ansiaba.

—Ven —le dijo tendiéndole la mano para ayudarla a montar de nuevo—. Aún nos quedan unos cuantos kilómetros antes de llegar al oasis.

—¿Un oasis? —exclamó ella—. ¡Qué romántico!

El modo en que lo miraba, con los ojos brillantes, como un niño el día de Navidad, le hacía más difícil mantenerse firme en su decisión de cumplir con sus deberes como monarca.

—Es donde haremos noche —le contestó, intentando no pensar en cuando tuvieran que separarse y volver a la cruda realidad.

Cuando volvió a subirse al caballo, Millie se sentía mejor, más relajada. Ahora que había visto otra faceta de Khalid, tierna, cariñosa, y profundamente comprometida con el bienestar de su país, sentía que su amor por él crecía cuanto más tiempo pasaban juntos. Amor, sí, amor.

No había otra manera de describir sus sentimientos hacia Khalid. No quería alejarse de su lado, ni abandonar aquel lugar. Y estaba ansiosa por descubrir más acerca de él y de su país. Todo lo que fuera importante para él también lo era para ella.

Sin embargo, no era una ilusa. Pronto tendría que volver a Inglaterra. Había dejado en suspenso su sueño de convertirse en ingeniera marítima, pero retomaría sus estudios cuando regresara. A Khalid lo ataba allí su destino, envuelto en una vida de deberes a los que jamás renunciaría. Y necesitaría una esposa a su lado, para convertirla en su reina. Aquel pensamiento la hizo estremecer. No podía soportar la idea de imaginárselo con otra mujer que lo apoyaría en todo lo que hiciera, que le daría hijos, lo amaría y pasaría el resto de sus días junto a él.

Se había puesto tan tensa que Khalid debió de intuir que había algún problema.

–¿Estás bien? –le preguntó–. Ya no nos queda mucho.

Estaba llevando aquello demasiado lejos, pensó Millie. Y, sin embargo, nunca se había sentido tan feliz como entonces. ¿No le bastaba con eso? ¿Estaría siendo demasiado avariciosa? ¿No era mejor unos pocos días de felicidad que ninguno?

Khalid había hecho que Burkan aminorara el paso, y sus brazos la rodeaban con suavidad mientras ella descansaba la espalda contra su pecho. Cuando llegaron a lo alto de una duna, se detuvieron.

Millie se quedó muda con la vista que se extendía ante sus ojos: en medio de los kilómetros de dunas de arena había un verde y frondoso oasis con una gran laguna de aguas cristalinas en el centro.

—Háblame de tus ambiciones —le pidió Khalid.

Ante un paisaje tan hermoso, a Millie se le antojaba mundano hablar de sus estudios universitarios, de las complejidades de una caldera o de la satisfacción que le daba reparar un motor y oírlo rugir. Y, sin embargo, esa era su vida.

—Cuando te hayas licenciado y seas ingeniera, podrías supervisar el mantenimiento de mis barcos —sugirió Khalid.

—Pero… ¿cuántos tienes?

—Los suficientes como para mantenerte ocupada.

Millie sonrió. Estaba claro que Khalid vivía en un mundo completamente distinto.

—Ya de niña me gustaba destripar aparatos electrónicos para ver cómo funcionaban —le confesó—, y mi pasión es conseguir que las máquinas funcionen con más eficiencia. Cada vez que me enfrento a un motor, para mí es como hacer un nuevo amigo. No paro hasta que lo conozco de arriba abajo y averiguo cómo hacer que funcione a la perfección.

—Eso es algo encomiable —comentó él—. Son unos motores con suerte.

Los dos se rieron, y Khalid le acarició la mejilla con la nariz de un modo afectuoso antes de hacer que Burkan diese media vuelta para continuar su camino.

Millie era bastante abierta en cuanto a los sueños y esperanzas que abrigaba respecto a su carrera, pero Khalid sentía curiosidad por saber qué hacía para divertirse y se lo preguntó.

—La verdad es que soy un ratón de biblioteca —contestó ella—, no hago más que leer y estudiar.

—Pero de vez en cuando saldrás por ahí, ¿no?

—Estoy demasiado ocupada con mis estudios; no tengo tiempo para socializar.

—Pues eso no es vida; deberías divertirte un poco.

—Estoy muy contenta con mi vida, gracias —le contestó ella, algo molesta—. Y mi vida privada es…

—¿Cosa tuya? —sugirió él, divertido, en un tono relajado.

—Exacto.

De todo aquello que le estaba pasando, Millie solo tenía una cosa muy clara: que a cada minuto que pasaba estaba más enamorada de él. De nada serviría negarlo. Era suya en cuerpo y alma, y aunque lo suyo era imposible, a su corazón le daba igual.

—Mira —dijo Khalid, sacándola de sus pensamientos.

Millie giró la cabeza. Habían rodeado una duna y ahora, ante ellos había surgido el oasis, como un zafiro en medio de la arena dorada del desierto. Ni siquiera podía ver el extremo más alejado. Desde lejos no le había parecido tan grande. El agua de la laguna era tan clara que podía verse el suelo de roca del fondo. Cerca de la orilla había una tienda enorme de un blanco cegador que destacaba sobre las azules aguas y la verde exuberancia de la vegetación. A lo lejos se vislumbraban otras, más pequeñas y agrupadas, y se veía a los lugareños trajinando.

Khalid dejó que Burkan saciara su sed antes de desmontar, ayudar a Millie a bajar y conducir al animal a la sombra para que pastara y descansase.

–Es como estar en el paraíso –murmuró Millie, mirando admirada a su alrededor mientras Khalid la tomaba de la mano y entrelazaba sus dedos con los de ella–. Si esto es un sueño, no quiero que termine.

Tampoco él, pero sabía que pronto tocaría a su fin.

Se quedaron callados un rato, pero el silencio era tan profundo y tan intenso que Millie casi podía oír los corazones de ambos latiendo al unísono.

–Quiero hacerte el amor –murmuró Khalid, haciéndola volverse hacia él y tomando también su otra mano–. Me refiero a de verdad, hacerte el amor de verdad.

–¿Qué quieres decir? –inquirió ella, abrigando esperanzas.

–¿No lo sabes?

–A menos que tú me lo digas, no.

–Me encanta estar contigo, Millie –murmuró él, inclinando la cabeza para frotar la nariz contra su mejilla y su cuello.

No era lo que había esperado oír. «¡Déjate de tonterías!», se increpó. Tenía que poner los pies en la tierra, como le dirían sus compañeras de la lavandería. Khalid la besó en el cuello, y un cosquilleo de placer la recorrió. ¿Por qué anhelar cosas que no estaban a su alcance? A lo que Khalid se refería con hacerle el amor era a que quería sexo; simple y llanamente. No era más que una forma de hablar. Ella también se moría por volver a hacerlo; era como si sus cuerpos estuviesen en perfecta sintonía con los deseos del otro, y esas ansias no se aplacarían hasta que se hubiesen saciado.

—Yo también te deseo —le susurró—. Te deseo tanto…

Khalid la condujo al interior de la tienda, donde parecía que sus sirvientes lo habían dejado todo preparado para su llegada. La llevó hasta el lecho sin dejar de besarla, y se desnudaron el uno al otro entre caricias. Ya desnudos, se tumbaron, y Khalid se frotó contra ella. Sentir el peso de su cuerpo y su calor era casi la mejor parte, pensó Millie.

—No, antes debo ponerme un preservativo —le advirtió él cuando abrió las piernas, invitándolo a poseerla.

—¡No puedo esperar! —protestó ella.

—Millie, tenemos que…

—¡No! —insistió Millie.

No era la primera vez que desafiaba los límites con él. Una pasión tan fiera como la suya no aceptaba restricciones. Lo rodeó con las piernas, arqueó las caderas y lo atrajo dentro de sí. Atrapando su miembro con los músculos de su vagina, comenzó a moverse sin piedad. Le hincó los dedos en los brazos, le mordió en el cuello y en el hombro y gimió, expresando la frustración que bullía en su interior. El clímax les sobrevino rápidamente, con la fuerza de un cataclismo, y Khalid se quitó de encima de ella mascullando un improperio, pero cuando Millie giró la cabeza para mirarlo vio que estaba sonriendo.

—Salvaje —la increpó, haciendo que sonara como el mayor de los cumplidos—. ¿Qué eres?, ¿una hechicera?, ¿una sirena?

—Una lavandera —respondió ella.

Khalid se rio y la atrajo hacia sí.

—Una lavandera muy especial y peligrosa —murmuró—. Y una cuyos talentos no deberían desperdiciarse.

—¿A qué te refieres?

—Estaba pensando antes que aquí en Khalifa necesitamos profesores, expertos en su campo que inspiren a nuestros jóvenes. Y no se me ocurre nadie mejor que tú.

—Pero si yo aún no soy una experta —apuntó ella.

—Pero lo serás —insistió él—. Necesitamos a gente valiosa como tú. Tenemos una excelente facultad de Ingeniería y…

—¿Qué estás diciendo, Khalid? —lo interrumpió ella con brusquedad. ¿Tan de espaldas estaba a la realidad? Su futuro no podía estar en Khalifa—. Tengo que volver a Inglaterra para terminar mis estudios.

—Pero cuando los hayas terminado puedes volver y trabajar aquí —insistió él. Un brillo fiero relumbraba en sus ojos. Khalid, que estaría acostumbrado a resolver problemas de un mandoble, sin duda era incapaz de concebir una situación que no se doblegase a sus designios—. Siempre andamos en busca de nuevas ideas y de «embajadores» que difundan los avances que conseguimos en Khalifa.

—No —contestó ella en un tono quedo. No podría soportar estar cerca de él y no ser parte de su vida—. Pero te agradezco la oferta, de verdad.

Intentó parecer sincera al decirlo, y hacer como que no le rompía el corazón la sugerencia de que podría vivir allí, quizá a un tiro de piedra de palacio, mientras él se casaba con alguna princesa y formaba una familia.

–Pues es una lástima –murmuró Khalid.

Le acarició el cabello en silencio, como si siguiese rumiando aquello y buscando una solución. Millie no podía soportarlo, y tuvo que hacer un esfuerzo para no llorar. Uno no podía tener siempre lo que quería. Pero es que ella solo lo quería a él, y le parecía tan injusto no poder tenerlo…, pensó mientras Khalid seguía acariciándole el cabello, como si intuyese su agitación y estuviese intentando tranquilizarla.

Era como si ya estuviesen despidiéndose, y ese pensamiento le produjo una angustia que casi la superó. Tenía que ser fuerte. Y lo sería.

Capítulo 11

DECIDIDA a aprovechar el tiempo que le quedase de estar junto a Khalid, Millie estaba en la tienda, esperando a que regresara, pues hacía un rato que había salido, al oír cascos de caballos. Cuando vio que se acercaba a la entrada con un grupo de hombres ataviados con ricas vestimentas tradicionales, se retiró a la parte más privada de la tienda, separada por una cortina. Solo podía ser una delegación de palacio. Khalid los hizo pasar dentro. Por el tono de su voz parecía furioso.

Cuando uno de los hombres, tras una profunda reverencia, empezó a decir algo en su idioma, Khalid lo interrumpió para espetarle:

–Di instrucciones muy claras de que no quería ser molestado mientras estuviese aquí. Y hablad en inglés.

Naturalmente, Khalid sabía que estaba allí, y parecía que quería que se enterase de todo lo que dijeran. Esa delicadeza hizo que una sensación de cálida gratitud la invadiera.

–Perdone, Majestad –contestó el hombre–. Le traemos noticias urgentes de la capital. Ha llegado otra comitiva real, esta vez de un reino del Mediterráneo.

Millie oyó a Khalid gruñir irritado.

–¿Pero es que esta gente no tiene modales? ¿Tan

desesperados están por deshacerse de sus hijas? Ya es suficiente. Se les ha dicho que no vengan, y hacen caso omiso.

–Sabemos que Su Majestad dio orden de que no hubiera más visitas, pero aun así se han presentado en palacio.

Una princesa… Millie se imaginó a una joven muy hermosa, una joven que había sido educada para reinar junto a un monarca como Khalid. Desde un principio había sabido que algo así ocurriría. Era absurdo que se sintiera dolida por eso. No debería estar sintiéndose tan profundamente decepcionada. Khalid no la había engañado en ningún momento. Si tenía el corazón roto la culpa era suya; no de él.

Khalid seguía hablando, pero en un tono más bajo y en su lengua. Le pareció que estaba más tranquilo, menos irritado. Tal vez la princesa de esa comitiva real era tan hermosa que había acabado cediendo, pensó, clavándose las uñas en las palmas de las manos.

–Comed algo antes de partir –oyó a Khalid decirles a los hombres en inglés–. Volveré a palacio a su debido tiempo.

Millie se quedó allí de pie, aturdida. Pero no podía permanecer allí escondida, y le costó ocultar sus sentimientos cuando Khalid entró a buscarla.

–¿Millie?

Estaba hecha un lío. Por primera vez en su vida no se sentía fuerte, ni capaz, sino débil, física y mentalmente, y debía de notársele, porque Khalid la agarró por el brazo con una mirada preocupada y la atrajo hacia sí. Ya no podían continuar fingiendo. Había una princesa esperándole en palacio, una princesa de otro reino que aspiraba a forjar una alianza con él a través del matrimonio. No había sitio para ella en su vida.

–Siempre he sabido que esto tendría que terminar –le dijo, obligándose a sonreír para ponérselo fácil–. Lo que pasa es que no pensaba que sería tan pronto. Pero es mejor así –añadió, fingiéndose animada–: rápido y de raíz, que algo lento y doloroso.

–¿De qué diablos estás hablando? –le espetó Khalid–. ¿No has oído nuestra conversación? Les he dicho que se fueran. Esto no tiene por qué ser el final, a menos que tú lo quieras.

Un tendón de su mandíbula se contrajo, delatando lo tenso que estaba mientras esperaba su respuesta.

–No. Has pasado demasiado tiempo fuera –dijo ella finalmente–. Tu país te necesita. Ya va siendo hora de que cada uno volvamos al sitio que nos corresponde.

Khalid la tomó por los hombros y la apartó un poco para mirarla a la cara.

–Quiero que sepas que no me arrepiento en absoluto de estos momentos que he pasado contigo –le dijo.

Aquello sonaba como una sentencia de muerte. Pero es que los sueños antes o después tocaban a su fin, pensó Millie mientras escrutaba las viriles facciones de Khalid, y se negaba a hacerle daño prolongando aquello. ¿Cómo podría hacerle daño al hombre que amaba?

–Nada ha cambiado –insistió él–. Esos hombres harán lo que les ordene porque me deben obediencia.

–Sí, pero yo no –contestó ella.

Khalid se quedó callado, como si necesitara un momento para asimilar el hecho de que no era una de esas princesas que desfilaban ante él para recibir su aprobación, sino Millie, la empleada de una pequeña lavandería que pronto sería ingeniera y que tomaba sus propias decisiones.

Sus hombres volverían a palacio y harían que la princesa y su familia regresaran a su país, pero Khalid sabía que el daño ya estaba hecho. La expresión de los ojos de Millie le decía que aquel idilio había terminado, y que él no podía cambiar las reglas.

—Esa princesa es una de las muchas que el Consejo Real me ha pedido que considere —le explicó—. Nuestra Constitución da poder al Consejo Real para escoger una prometida para el rey.

—¿Qué? —exclamó Millie.

—Esa ley nunca le molestó a Saif. Él decía que se casaría, pero que aparte tendría a las amantes que quisiera.

—¿Y tú eres distinto de él en ese sentido? —inquirió ella frunciendo el ceño.

—Cambiaré esa ley —le dijo.

—¿Vas a cambiarla ya? —inquirió ella. Al ver que no contestaba, añadió—: No pienso esperar como un dócil corderito hasta que eso ocurra. Yo también tengo mi vida, y debo retomarla. No puedo posponerlo todo cada vez que decidas volver aquí para dar o no tu visto bueno a esas prometidas que te proponen.

Khalid bajó la vista. No podía hacerle promesas que no podría cumplir. Antes o después tendría que elegir una prometida. Su pueblo esperaba que forjase una alianza ventajosa casándose con una princesa de otro país, y no podía posponerlo eternamente.

—¿Por qué prolongar la agonía? —le dijo Millie,

mostrándose fuerte por el bien de los dos–. Deberíamos decirnos adiós y separarnos aquí; esto se ha acabado.

Aunque Khalid sabía que así tenía que ser, se le encogió el corazón al oírle decir esas palabras.

–¿Puedes hacer que venga tu helicóptero y me lleve al aeropuerto? –le pidió Millie–. Querría marcharme ya, o tan pronto como sea posible.

Khalid pensó en lo mucho que la admiraba. Nada abatía a Millie. O, si algo la abatía, rápidamente volvía a levantarse.

–Yo mismo te dejaré en el aeropuerto cuando me vaya –le contestó, consciente de que les estaba dando a los dos una salida fácil.

Sin embargo, cuando vio a Millie dar un respingo, pensó que su respuesta debía de haber sonado algo fría. Después de la pasión salvaje que habían compartido, el contraste era demasiado brusco. Pero no podía hacerle daño, y, si trataba de retenerla a su lado, acabaría haciéndoselo.

–Una noche más –le dijo, atrayéndola hacia sí–. Y no te lo estoy pidiendo –añadió–: es una orden. Tenemos que pasar una noche más el uno en brazos del otro.

–No. No puedo hacer eso –replicó ella, sacudiendo la cabeza.

–¿No puedes, o no quieres? –inquirió él con suavidad.

–Khalid, por favor… ¿No te parece que esto ya es bastante difícil sin prolongar la agonía?

Él se negó a ceder y se inclinó para besarla.

–No juegas limpio –protestó ella, dejando escapar un suspiro tembloroso.

–Es verdad, no lo voy a negar –contestó él, llevándola hacia el lecho.

Volvió a tomar sus labios, y la desvistió mientras la besaba, al tiempo que él iba quitándose también la ropa. La hizo tumbarse, y se unió a ella para continuar besándola y acariciándola. Millie sabía que aquello no era buena idea, pero… ¿cómo podría resistirse?, pensó cuando le levantó las caderas, para colocarle unos almohadones debajo y separarle las piernas.

–No deberíamos hacer esto –protestó, sacudiendo la cabeza.

–Pues yo creo que sí –replicó él.

–Solo empeorará las cosas –insistió Millie, debatiéndose entre la razón y el deseo.

–¿Para ti, o para mí? –inquirió él, mientras se ponía un preservativo.

–Para ambos –musitó Millie mientras se colocaba sobre ella.

El miembro de Khalid era muy grande, pero siempre que empezaba a penetrarla lo hacía con cuidado. Millie se relajó e hizo que sus músculos internos lo abrazaran, estrechándose en torno a él. Khalid se movió despacio, girando las caderas.

–No me hagas esperar –le suplicó Millie–. Te necesito.

Khalid se echó hacia atrás para mirarla.

–¿Seguro que estás lista?

–Averígualo –le invitó ella.

Khalid se apoyó en los antebrazos para no aplastarla con su peso, y de una embestida se hundió hasta el fondo dentro de ella.

–¡Más deprisa!, ¡con más fuerza! –lo instó Millie cuando empezó a moverse, y él le dio lo que le pedía.

Mantuvo ese ritmo, asegurándose de que estaba dándole todo el placer del que era capaz, y finalmente Millie alcanzó el clímax, un clímax explosivo. Y entonces, antes de que los coletazos de ese orgasmo se hubieran disipado, Khalid la hizo tumbarse boca abajo.

Millie levantó las caderas, él le separó un poco más las piernas y volvió a penetrarla, agarrándola por las nalgas para ayudarla a mover las caderas atrás y adelante. Y así, hicieron el amor toda la noche, saboreando cada segundo porque los dos sabían que esos momentos juntos serían los últimos.

Capítulo 12

PARA Millie, volver a la lavandería fue como volver de golpe a la realidad. A su regreso de Khalifa, como necesitaba estar un tiempo a solas para ordenar sus pensamientos, se había ido a la universidad y había estado compartiendo habitación en una residencia del campus con una estudiante nueva que no le había hecho ninguna pregunta. Ni siquiera cuando Millie había sido tan descuidada como para dejar en la papelera del baño la caja de una de las pruebas de embarazo que se había hecho.

Había estado sintiéndose hinchada, más sensible de lo normal, y además tenía náuseas por las mañanas y se notaba los pechos doloridos. Por eso había decidido hacerse una prueba de embarazo. Y el resultado había sido positivo.

Cada día había repasado los periódicos y no había encontrado ninguna noticia que anunciara que el jeque de Khalifa se había comprometido, pero eso no significaba nada, se dijo cuando Lucy levantó la cabeza, sorprendida, al verla entrar.

Todas sus compañeras se quedaron mirándola aturdidas. Se imaginaba que la señorita Francine les habría contado que se había marchado a Khalifa, y naturalmente debían de sentir curiosidad. Estaba impaciente por contarle a la anciana, que tanto había hecho por ella, que iba a ser «abuela». Ya solo le faltaba encontrar el momento adecuado para llamar a Khalid y decirle que iba a ser padre. ¿Cómo se lo tomaría?

Lucy fue a abrazarla con una sonrisa, pero, cuando Millie le preguntó por la señorita Francine, a su amiga le cambió la cara.

–Está en su despacho –le dijo preocupada–. Con unos abogados.

–¿Unos abogados? –repitió Millie, frunciendo el ceño.

–Ve con ella y así luego me cuentas qué está pasando –le susurró Lucy, para que las otras chicas no la oyeran–. Eres como una hija para ella y te ha echado de menos. Trae, déjame el abrigo y el bolso. La cosa pinta mal –añadió, lanzando una mirada a la puerta cerrada del despacho de la señorita Francine.

Cuando llamó a la puerta y entró, la anciana se levantó y se le iluminaron los ojos.

–¡Millie! –exclamó, tendiéndole los brazos.

Lucy tenía razón al estar preocupada; la señorita Francine no tenía buen aspecto. Millie la abrazó y la besó en la mejilla, y cuando se separaron la anciana le presentó a los dos abogados que se encontraban sentados frente a su mesa.

–Conocía por unos amigos el bufete del señor Frostwick, y le he pedido que me asesore –le explicó la señorita Francine.

–¿Por qué?, ¿qué ha ocurrido?

–Después de la última revisión los médicos me han aconsejado que deje el negocio. Y como no tengo a nadie que pueda tomar el relevo… –le explicó la anciana, encogiéndose de hombros–. Millie sería capaz de ofrecerse, pero no se lo voy a consentir; tiene una brillante carrera por delante. Está estudiando Ingeniería Marítima, ¿saben? –les dijo al señor Frostwick y su colega, llena de orgullo.

–El problema es que a la señorita Francine no le va a quedar más remedio que vender el negocio –le explicó el señor Frostwick a Millie–. No hay dinero para salvarlo. A menos que a usted se le ocurra otra solución.

Si vendía el negocio, el nombre de la lavandería se perdería, pensó Millie, y los esfuerzos de la señorita Francine, los esfuerzos de toda una vida, habrían sido en vano.

–¿Podría ponerse la condición de que se mantuviera el nombre? –les preguntó a los abogados.

–Me temo que si una de las grandes cadenas accede a comprar el negocio esa condición no será posible –contestó el señor Frostwick, desbaratando sus esperanzas–. Además, los acreedores insistirán en que se venda. La verdad es que muchos han mostrado interés –añadió en un tono más alegre–. El negocio de la señorita Francine tiene muy buena reputación…

–Desde luego. Ahora que he vuelto, yo me ocuparé de todo –les dijo Millie. Al ver que la anciana cada vez parecía más angustiada, añadió en un tono que no admitía discusión–: Pero ahora creo que la señorita Francine necesita descansar.

–Por supuesto –asintió el señor Frostwick. Su colega y él se levantaron–. Seguiremos en contacto.

Cuando se hubieron quedado a solas, Millie le dijo a la señorita Francine:

–No se preocupe; como les he dicho, yo me haré cargo de todo. Encontraré una solución.

La señorita Francine sonrió agradecida, pero con tristeza, como si ya hubiera aceptado que no había nada que hacer. Millie, en cambio, no era de la misma opinión. Conocía a una persona con suficiente dinero como para solucionar aquel problema, y después de todo lo que había hecho por ella la señorita Francine, lo menos que podía hacer era intentar conseguir su ayuda.

Cuando la anciana la dejó a solas para ir a supervisar a las chicas, Millie no perdió tiempo y llamó a Khalid, que le había dado su número de móvil antes de que volviera a Inglaterra. Cuanto antes hablara con él, antes podría... bueno, tal vez no relajarse, pero al menos su conciencia se quedaría más tranquila, sabiendo que había hecho todo lo que estaba en su mano.

Khalid contestó al segundo tono. Y, si no hubiera sido por el tono seco de su voz, casi habría pensado que había estado esperando esa llamada.

–Te llamaba porque necesito tu ayuda –le dijo vacilante.

–¿Necesitas dinero? –inquirió él.

–Bueno, sí, pero no es para mí –se apresuró a decirle Millie.

–¿Es por lo único que llamas?, ¿porque necesitas dinero?

Millie vaciló de nuevo.

–¿Debería haber otro motivo?

En realidad, sí que lo había. Tenía que contarle lo de su embarazo. Pero... ¿por teléfono? No le parecía lo más adecuado.

–¿Lo hay? –insistió él, y, por el tono de su voz, Millie se lo imaginó frunciendo el ceño.

–No –balbució ella–. No hay ningún otro motivo.

Le partía el corazón que Khalid se mostrara tan frío. Era como si no la hubiese echado en falta en absoluto. No era el momento de pensar en esas cosas, se dijo. Tenía que intentar convencerle de que la ayudase a salvar la lavandería de la señorita Francine. Inspiró profundamente y le explicó el problema.

–Me preguntaba si podrías ayudarla de alguna manera. Había pensado que quizá podrías comprar su negocio y convertirlo en una franquicia –añadió–. Para la señorita Francine significaría muchísimo que se mantuviese su nombre.

–¿Y ella sería la cara visible de la franquicia? –inquirió la voz profunda y aterciopelada de Khalid, en tono pensativo, al otro lado de la línea.

–Exacto –asintió Millie.

–Lo pensaré y te daré una respuesta –murmuró Khalid.

Y nada más decir eso colgó. Millie se quedó mirando su móvil, aturdida, y pasó un rato antes de que se diera cuenta de que estaba llorando y las lágrimas le rodaban por las mejillas.

Millie, Millie, Millie… El solo oír su voz bastó para que, nada más colgar, Khalid se pusiera a cancelar compromisos que tenía marcados en su agenda. Desde el momento en que se habían despedido, se había dado cuenta de que era la única mujer a la que podría amar.

Ser un hombre mejor que su hermano implicaba convertirse en un líder que diera ejemplo de sus principios. Llevaba tiempo hacer cambios efectivos en una Constitución tan antigua como la de Khalifa, pero se aseguraría de que se llevaran a cabo esas modificaciones. Estaba decidido.

No le había dicho a Millie que estaba en Inglaterra. Se encontraba allí porque al día siguiente por la noche estaba invitado a una fiesta en el palacio de Buckingham. Imaginando que habría casas reales ansiosas por presentarle a sus princesas casaderas, ya tenía pensada una excusa para abandonar el palacio antes de que diera comienzo el baile y volver a Khalifa. Sin embargo, la llamada de Millie había hecho que cambiara de idea.

Irritada consigo misma, Millie se secó las lágrimas con los nudillos y se guardó el móvil en el bolsillo. No le quedaba más remedio que ser paciente y confiar en que Khalid la ayudara. Estaba convencida de que convertir la lavandería de la señorita Francine en una franquicia sería una buena inversión para él, y tenía la esperanza de que él también lo viera así.

Pero ahora tenía trabajo que hacer. Si querían atraer a algún inversor tendrían que darle un buen lavado de cara a la lavandería. Se lo debía a la señorita Francine; tenía que asegurarse de que el local luciera impecable.

El resto de los empleados también se mostraron encantados de poder recompensar la amabilidad con que la señorita Francine les había tratado siempre, y se remangaron para ayudar a dar una mano de pintura a todas las salas. Millie se concentró en revisar que todas las máquinas funcionaran bien, y la señorita Francine les prometió que cuando hubieran terminado los invitaría a todos a cenar para celebrar lo que estaba segura que iba a ser una «nueva era» para el negocio.

Al final de la jornada, la señorita Francine salió corriendo de su despacho con un fax impreso en la mano.

—Acaban de enviar esto de las oficinas del Departamento de Desarrollo Internacional de Khalifa —explicó con la voz trémula de esperanza—: ¡Van a mandar a un equipo para evaluar las instalaciones!

—¡Eso es maravilloso! —exclamó Millie, y los demás prorrumpieron en vítores.

Khalid no la había fallado. Quizá podrían salvarse los puestos de todos los que trabajaban allí y tal vez podría mantenerse el nombre de la lavandería. Había tal felicidad en los ojos de la señorita Francine que a Millie se le encogió el corazón.

—¿De verdad crees que todo irá bien? —le preguntó la anciana.

—Sé que irá bien —le contestó Millie con confianza.

La señorita Francine les dijo a todos que fueran recogiendo sus cosas para irse a cenar como les había prometido.

—Yo tengo que revisar una última cosa —dijo Millie, volviendo a trepar al pequeño cubículo que albergaba la caldera.

En cuanto pudiera lo limpiaría, pensó, contrayendo el rostro mientras se quitaba una telaraña del pelo. Comprobó que la válvula que había cambiado seguía funcionando correctamente, y salió con cuidado de espaldas a cuatro patas del estrecho espacio.

–¡Menudo calor hace ahí dentro! –exclamó mientras bajaba al suelo–. Tendré que poner un ventilador o algo antes de que…

Fue el silencio que reinaba lo que le hizo darse cuenta de que pasaba algo. Cuando se dio la vuelta no podía creerse lo que veían sus ojos. Y la señorita Francine y el resto de sus compañeros parecían tan sorprendidos como ella.

–¿Khalid? ¡Pero si he hablado por teléfono contigo hace solo un par de horas! –exclamó irritada, como si no debiera estar allí–. ¿Cómo puedes haber llegado aquí tan deprisa?

–¡Vaya recibimiento! Estoy abrumado –dijo él con ironía.

Esa voz seductora, esos ojos negros mirándola divertidos… A Millie el corazón parecía que fuese a salírsele del pecho. ¿De verdad estaba allí? Y ella con esa pinta… un mono manchado de grasa y pintura y telarañas en el pelo… Había pensado que jamás volvería a verlo y de repente… allí estaba, frente a ella.

–¡No!, ¡no me toques! –exclamó, dando un paso atrás cuando Khalid, que parecía el dios del sexo con los vaqueros y la cazadora de cuero que llevaba, avanzó hacia ella–. Estoy toda llena de grasa y de telarañas.

Mientras hablaban, la señorita Francine hizo que los demás terminaran de ponerse sus chaquetas y salieron discretamente por la puerta. Y ahora que se habían quedado a solas ya no había quien detuviera a Khalid, que acortó la distancia que los separaba de una zancada, la tomó en sus brazos y dijo mirándola a los ojos con fiereza:

—¿De verdad crees que me molestan un par de telarañas?

—Pues… debería. Con esa cazadora que parece tan cara…

Khalid masculló algo en su idioma e inclinó la cabeza para tomar sus labios con un beso tan profundo y apasionado que casi se derritió en sus brazos. Cuando la soltó, hubo un momento que Millie jamás olvidaría, el momento en que se quedaron mirándose a los ojos. Los suyos debían de reflejar todos los sueños y esperanzas frustrados, mientras que en los de él se leía una firme determinación.

—No podemos volver a hacer esto —le susurró Millie.

Khalid acabaría casándose con alguna princesa digna de convertirse en su esposa. ¿Por qué hacer como que no era eso exactamente lo que iba a pasar?, se reprendió, y deseó que Khalid no hubiera cruzado el océano porque el dolor de volver a perderle sería aún peor que el que atenazaba su corazón en ese momento.

—Pues claro que sí. Y te vas a venir conmigo —replicó él.

—No —se negó ella de nuevo, con incredulidad.

—Ya hemos perdido bastante tiempo —le dijo Khalid—. ¿Quieres mi ayuda o no?

—¿Con la lavandería? —inquirió ella, confundida—. Claro que quiero tu ayuda. Pero no si vas a hacerme chantaje… porque entonces buscaré otra manera de salvar el negocio de la señorita Francine.

—Pues la decisión es tuya: ¿vienes conmigo o no? —le insistió él.

–¿Pero a dónde?

–A mi casa de Londres –se limitó a contestar él.

–¿Y no podemos hablar aquí?

Khalid resopló con impaciencia y se pasó una mano por el pelo.

–Mira, Millie, querías que te ayudara con esto de la lavandería, pero yo tengo un país que gobernar y asuntos de los que ocuparme en Londres. O vienes conmigo, o tendré que volver a Londres sin ti, y tendrás que tramitar este asunto a través de nuestra embajada por los cauces habituales.

Millie se quedó mirándolo boquiabierta.

–¡Me estás haciendo chantaje!

–No. Te estoy diciendo las cosas como son –contestó Khalid.

Pues sí que estaba siendo un reencuentro romántico…, pensó Millie, sintiendo que se le caía el alma a los pies. Sin embargo, estaba decidida a ayudar a la señorita Francine.

Millie estaba hecha un lío. Aquello era una locura. Todavía no se creía que Khalid estuviese allí, y lo había echado tanto de menos… El beso le había dado a entender que se alegraba de verla, pero su expresión severa no transmitía más que impaciencia. No estaba segura de que irse con él fuese buena idea, pero si quería ayudar a la señorita Francine no le quedaba más remedio, y al menos tendría la oportunidad de hablar a solas con él y contarle lo del embarazo cuando estuvieran en su casa de Londres.

–Está bien, dame diez minutos –le dijo–. Subiré a lavarme y cambiarme.

Capítulo 13

NADA en la vida de Khalid iba despacio o era normal, concluyó Millie, agachándose bajo las hélices, que giraban vertiginosamente, antes de subir al helicóptero. Tras asegurarse de que se había abrochado correctamente el cinturón de seguridad y que se había puesto los auriculares, Khalid, sentado a su lado, en el asiento del piloto, tomó los mandos y pronto estaban sobrevolando Londres.

Las viviendas con espacios verdes en el centro de la ciudad tenían unos precios prohibitivos, pero el jeque de Khalifa poseía un impresionante palacete con vastos jardines y rodeado por un muro en todo su perímetro. Hasta había un estanque, observó Millie, mientras descendían sobre el helipuerto.

—El edificio se construyó en la época de los Tudor —oyó a Khalid decir a través de los auriculares, mientras paraba el motor.

—Estoy impresionada —le respondió ella con sinceridad.

—Pues espera a verlo por dentro —añadió él.

Khalid tenía razón. El interior del palacete era espectacular, y se llevó una pequeña decepción cuando, en vez de ofrecerse a enseñárselo, la dejó en manos del ama de llaves, una mujer afable de mediana edad.

Y ella que había pensado que dispondrían de algo de tiempo a solas…, pensó Millie mientras lo veía alejarse escaleras arriba. ¿Cuándo podría contarle lo de su embarazo?

El ama de llaves la condujo a la que sería su suite.

–Espero que le guste –le dijo la mujer.

Millie, que estaba admirando los coloridos frescos, las elaboradas molduras y las paredes revestidas de seda, en vez de con papel o pintadas, se volvió con una sonrisa y le dijo:

–Me encanta. Nunca había visto nada tan hermoso.

–Y este saloncito tiene vistas al estanque –le dijo el ama de llaves, apartando las vaporosas cortinas para mostrárselas.

Luego le enseñó el dormitorio, con su cuarto de baño, y el vestidor, con toda la ropa que pudiera necesitar.

–Me tomé la libertad de encargar unos cuantos vestidos para que escoja el que más le guste para la fiesta de mañana por la noche.

–¿Qué fiesta? –inquirió ella, aturdida ante la fabulosa selección de vestidos allí colgados.

–Mañana por la noche se celebra una fiesta en el palacio de Buckingham y el jeque Khalid es el invitado de honor –le explicó el ama de llaves–. Pensó que tal vez le gustaría ser su acompañante.

Millie se había quedado sin habla. En un primer momento pensó en rehusar, porque allí se sentiría como un pez fuera del agua, pero luego se acordó de sus compañeras de la lavandería, que darían lo que fuera por ir a una fiesta en palacio, y en todo lo que podría contarles cuando regresara a King's Dock.

–No sé cómo darle las gracias por todas las molestias que se ha tomado –le dijo al ama de llaves.

–No me las dé a mí, sino al jeque Khalid. Me ha
pedido que le transmita sus disculpas: tiene asuntos
de negocios que atender y estará muy ocupado el
resto de la velada y todo el día de mañana. La verá
mañana por la noche en la fiesta.

¿No iba a poder hablar con él hasta entonces?
¿Pero cuándo iba a poder contarle lo del bebé? Y la
idea de tener que llegar ella sola a esa fiesta en palacio la intimidaba un poco.

–¿Quiere que pida que le suban algo de comida?
–le preguntó el ama de llaves.

El solo pensar en comer hizo que a Millie se le
revolviera el estómago.

–No, ahora mismo no tengo apetito.

–Pero confío en que sí querrá que le suban luego
algo de cenar, ¿aunque sea una cena ligera? –insistió
el ama de llaves con amabilidad.

Millie se vio obligada a responder:

–Sería estupendo. Gracias.

–Si necesita alguna cosa descuelgue el teléfono,
pulse el botón rojo y espere. Alguien la atenderá enseguida, a cualquier hora del día.

Millie volvió a darle las gracias al ama de llaves
con una sonrisa, y, cuando la mujer se hubo marchado, fue al cuarto de baño para echarse un poco de
agua fría en la cara. Después de secarse con la toalla,
se quedó mirándose en el espejo, pensativa. Tenía
que decirle a Khalid ya lo del bebé. No podía seguir
posponiéndolo. No si no iba a volver a verlo hasta la
noche siguiente, en palacio.

Salió al dormitorio, descolgó el teléfono y pulsó

el botón rojo. A los pocos segundos le contestó un sirviente.

—Necesito hablar con Su Majestad –dijo Millie.

—Informaré a su secretaria, señorita. ¿Hay algo más que pueda hacer por usted?

—No, gracias.

Se sentó junto a la mesilla donde estaba el teléfono, y no tuvo que esperar demasiado, porque sonó al cabo de un rato.

—¿Millie? ¿Ha ocurrido algo? –inquirió Khalid, preocupado, al otro lado de la línea.

—No, pero tengo que hablar contigo, y no puede ser por teléfono.

—Pensé que el ama de llaves te habría dicho que estoy muy ocupado.

—Sí, me lo ha dicho, y siento importunarte, pero…

—¿Es algo urgente, o puede esperar?

Como esperar… podían esperar nueve meses, pensó Millie, con la sangre hirviéndole en las venas. Khalid jamás había tenido dificultad alguna en sacar tiempo para ella cuando la quería en su cama. Sin embargo, por el bien del hijo que llevaba en su vientre, se mordió la lengua.

—No, no es urgente –respondió.

—Pues entonces nos vemos mañana en la fiesta –respondió él, en un tono ligeramente irritado.

—Está bien. Hasta mañana por la noche –murmuró Millie. Y, antes de que hubiera terminado la frase, él ya había colgado.

A Khalid le habían concedido el distinguido honor de colocarse junto a la reina para dar la bienvenida a los invitados, pero en lo único en lo que podía pensar era en Millie. Su reencuentro había sido accidentado y nada satisfactorio, y ahora que por fin iba a volver a verla después de un día muy ajetreado, iba a ser rodeado de un montón de gente.

Como exigían los buenos modales, centró su atención en los invitados que iban desfilando a paso de tortuga por delante de él para estrechar su mano y la de la reina, pero no podía evitar que se le fueran los ojos de tanto en tanto a las puertas de entrada al salón de baile, flanqueadas por dos lacayos impecablemente vestidos. Millie aparecería en cualquier momento en lo alto de las escaleras de mármol. O eso esperaba.

Unos minutos después, su secretaria se acercó y le susurró al oído que el chófer le había comunicado por el móvil que acababa de dejar a Millie frente al palacio.

—Excelente, gracias —murmuró él.

Y desde ese momento se convirtió en un suplicio seguir saludando educadamente a los invitados cuando lo único que quería era ver llegar a Millie. Qué frustrante, pensó con ironía, que de todas las cosas que un hombre rico como él podía disponer, la cosa que más quería estaba fuera de su alcance.

Al llegar a las puertas, Millie paseó la mirada por el salón de baile, que resplandecía con las luces de las lámparas de araña que colgaban del altísimo techo, decorado con exquisitos frescos. Al fondo había una orquesta, y los músicos ya habían ocupado sus asientos, esperando a que les indicaran que podían empezar a tocar.

A pesar de todas aquellas distracciones, no tardó en localizar a Khalid. Sus ojos se posaron en él como un misil teledirigido, y, cuando él levantó la vista y la mirada de ambos se encontró, fue como si saltaran chispas.

Pero… ¿habría escogido el vestido adecuado? Quizá no, porque todo el mundo estaba mirándola, y un manto de silencio había caído sobre el salón. Había descartado los que eran de color muy llamativo, con el escote demasiado bajo, los demasiado ceñidos, y los de color blanco, para no destacar.

No, estaba segura de que el vestido que había elegido era discreto. Era de seda, de un verde apagado, con una capa finísima de gasa superpuesta y adornada con minúsculos cristales que relucían con la luz de las lámparas de araña, como los destellos del sol sobre la superficie de un lago. Le sentaba como un guante, y se había decantado por él pensando que en los meses venideros ya no podría ponerse ropa tan entallada.

No había la menor duda de que la llegada de Millie había causado sensación, pensó Khalid. Todo el mundo estaba mirando hacia lo alto de las escaleras de mármol, donde estaba ella. No necesitaba una diadema de diamantes ni un título real; la cálida sonrisa que dirigió al lacayo que le pidió su nombre para comprobarlo en la lista lo decía todo acerca de ella. Su simpatía hacía que la gente quisiera conocerla y que compartiera con ellos algo de la magia que la envolvía. Era más que una belleza; era una mujer amable y encantadora.

–Disculpadme, Majestad –le dijo Khalid a la reina con una inclinación de cabeza–. Embajador… –se excusó también con este antes de alejarse hasta el pie

de la escalera para tenderle la mano a Millie y ayudarla a bajar los últimos escalones.

«Es mía», pensó con orgullo.

–Ten cuidado –le dijo–; podrías tropezar con esos
tacones tan altos. Estás espectacular, por cierto.

Cuando llegaron al final de la escalera, Millie se
agarró de su brazo y sintió que una ola de calor se apoderaba de ella. Estaba tan guapo con su esmoquin…

–¿No tendrías que estar con la reina, dando la
bienvenida a los invitados? –le preguntó, tratando de
recobrar la compostura.

–Ya habían pasado todas las personalidades im-
portantes –se excusó él, antes de conducirla a la
mesa que le habían asignado.

El resto de la velada transcurrió como una suce-
sión de momentos que Millie jamás olvidaría. Aquella fiesta en palacio fue todo lo que se habría podido
imaginar y más: la comida que les sirvieron en la
cena fue deliciosa, y la música sublime.

Además, ser la acompañante del jeque de Khalifa
parecía otorgarle una distinción especial, porque todo
el mundo la saludaba con afabilidad, y la miraban con
interés mientras se paseaban por el salón de baile.

Aquel era un mundo muy distinto del suyo, y
agradecía la oportunidad de disfrutar de todo aquello, aunque sospechaba que la gente debía de pensar
que no era más que otra conquista de aquel hombre
tan poderoso.

Como marcaba el protocolo, nadie podía marcharse antes que los miembros de la familia real, y,
al poco de que estos se hubieron retirado, Khalid se
excusó con las personas con las que estaban char-
lando, diciéndoles que ellos también se iban. Sin

embargo, Millie quería asegurarse de que no volvería a encerrarse en su estudio cuando llegasen a su casa de Londres.

—¿Podemos hablar cuando lleguemos? —le preguntó cuando estaban abandonando el salón de baile.

—Pues claro —le aseguró él, frunciendo ligeramente el ceño—. No me he olvidado de que querías hablar conmigo.

Lo que no podía ni imaginarse era del asunto del que le quería hablar, pensó Millie, mientras la ayudaba a subirse a la limusina que estaba esperándolos a las puertas de palacio.

—Estás muy callada —observó Khalid cuando se alejaban. Pulsó un botón para subir un panel que los separó del chófer, dándoles más privacidad, y se volvió hacia ella—. ¿Qué te ocurre, Millie?

—Solo estoy cansada —respondió ella, incapaz de mirarlo a los ojos.

No podía darle una noticia tan trascendental en el asiento trasero de un coche.

—Estás muy pálida —observó él escrutando su rostro, iluminado por las farolas de las calles por las que pasaban—, pero no me creo lo de que estás cansada. Has sido la estrella de la fiesta. Debes de tener aún la adrenalina disparada.

La adrenalina no, pero las hormonas… Decirle que estaba embarazada, después de los momentos tan íntimos que habían compartido, debería ser lo más fácil del mundo, pero estaba haciéndosele tremendamente difícil.

—¿Cuál es el misterio? —insistió Khalid. Se quedó callado un momento y de repente le preguntó—: ¿Estás embarazada?

Un gemido ahogado escapó de la garganta de Millie, pero como nunca había sido de esas personas que preferían eludir la realidad, no pudo sino asentir.

–Sí, lo estoy.

No le quedaba otro remedio que esperar a ver la reacción de Khalid, pero él permaneció en silencio hasta que llegaron a la casa, donde la ayudó a bajarse de la limusina como si no hubiera pasado nada. Cuando entraron, se volvió hacia ella.

–Dame diez minutos –le dijo, y Millie lo siguió con la vista mientras se alejaba escaleras arriba.

Debería sentirse aliviada de que Khalid al fin supiera lo de su embarazo, pero en ese momento, allí sola, en el inmenso vestíbulo, Millie se sentía ignorada e insignificante como una hormiga.

¡Tonterías! Iba a ser madre, y hacían falta muchas agallas para ser madre soltera. No podía venirse abajo; tenía que ser fuerte y mirar al futuro con confianza. En cuanto le hubiese explicado a Khalid que no esperaba nada de él, estaba segura de que se daría cuenta de que lo decía de verdad y se sentiría aliviado.

Un bebé… Iban a tener un bebé. Khalid se sentía a la vez aturdido por aquel monumental giro de los acontecimientos y tremendamente emocionado. Aunque se había asegurado de usar preservativo la mayoría de las veces que habían hecho el amor, en algunas la pasión los había llevado al descuido. No era de extrañar que Millie se hubiese quedado embarazada.

Quitó las manos del respaldo de su sillón, donde estaba apoyado, y se puso a pasear arriba y abajo por su estudio. Necesitaba tiempo para pensar. Diez minutos no eran suficientes.

No manejaba bien las emociones porque se había criado en un hogar en el que no estaba bien visto expresarlas. A su hermano, Saif, se lo habían consentido todo, mientras que a él, que había sido un niño muy vivaz, apenas le habían prestado atención y había estado la mayor parte del tiempo bajo el cuidado de la servidumbre. A los siete años ya había aprendido a no esperar muestras de cariño por parte de sus padres, y había tenido más que claro que tendría que aprender a arreglárselas por sí mismo para salir adelante en la vida. Había estudiado mucho para llegar a dar el máximo de sí mismo, y había servido en el ejército antes de dedicarse a los negocios.

El sentido del deber seguía siendo una parte integral de él. Jamás se le había pasado por la cabeza la posibilidad de tener una vida más allá de sus obligaciones como rey, y para eso tendría que abrir la caja de Pandora. No le quedaba otra opción. Y, sin embargo, contarle a Millie toda la verdad sobre aquella noche, años atrás, sería correr un gran riesgo. La verdad podría destrozarla; podría destruir la confianza que tenía en él y la que había llegado a tener en sí misma, y podría hacer que se apartara de él, pero no podía concebir un futuro para su hijo cimentado sobre mentiras y engaños.

Tras recibir una llamada de Khalid para que se reuniera con él en el estudio, a los pocos minutos de que comenzara a hablar, Millie comprendió por qué se había mostrado tan distante desde su reencuentro.

—A ver si lo he entendido —le dijo levantando una mano para interrumpirle—. Desde la noche de la muerte de mi madre… ¿has estado recibiendo informes sobre mí? —detestaba el modo en que le temblaba la voz.

—Sabía qué notas habías sacado en los exámenes —le confirmó él en un tono muy calmado, como si fuese algo completamente normal—, las asignaturas en las que te matriculabas, quiénes eran tus amistades…

—¿Cómo has podido hacer que me espiaran? —lo increpó, indignada.

—Aquella noche te quedaste huérfana —continuó él, ignorando su arranque de ira—, y me sentía responsable. Sentía que debía protegerte; no podía darte la espalda y alejarme sin más.

—Así que se te ocurrió pagar todos mis gastos.

Khalid se quedó callado.

—Porque creías que era tu deber —dedujo ella con amargura.

—La señorita Francine estaba más que dispuesta a darte un hogar porque te tenía mucho cariño —contestó él, en ese mismo tono enervante—. Pero es muy mayor y a duras penas habría podido afrontar ella sola los gastos de tu manutención.

—¡Jamás he sido una carga para ella! —explotó Millie. ¿Cómo se atrevía siquiera a sugerir algo así?—. Trabajaba en la lavandería para pagarme mis gastos.

—Lo sé —asintió él—. Pero el negocio tenía sus altibajos, y ella se negaba a aceptar dinero de mí. Lo menos que podía hacer era costear tu educación.

—¿Me estás diciendo que las becas que he tenido hasta ahora…?

–Te las concedieron porque te las merecías –le dijo
él con firmeza–. El Ministerio de Educación de Khalifa no concede becas a estudiantes cuyo rendimiento
académico no sea excelente.

–¿Khalifa? –repitió ella aturdida–. Creía que esas
becas las concedía mi universidad. En los papeles que
tengo no se menciona a Khalifa por ninguna parte.

–Pedí que se hiciera con discreción.

A Millie le estaba costando asimilar que durante
todos esos años Khalid había estado manipulando
los hilos de su vida.

–¿Por qué lo hiciste?, ¿porque te sentías culpable?

–En parte, sí –admitió él.

–Habría preferido que hubieras dicho la verdad en
los tribunales.

–Lo hice, dije la verdad.

Solo se había callado una parte sustancial, porque
sabía que aquello saltaría a los titulares de los periódicos, y que esos titulares habrían atormentado a
Millie durante el resto de su vida.

–Dijiste tu versión de la verdad –lo acusó ella.

–¿Acaso no es lo que hace todo el mundo? –le
espetó Khalid–. La verdad siempre es interpretable.

–En mi mundo no –replicó ella dolida.

–Mira, Millie, había detalles que no habrían ayudado en nada.

–¿Como los que demostraban que tu hermano era
culpable de asesinato? –sugirió ella con una risa amarga.

–Ya te lo he dicho: alguien empujó a tu madre, su
camello.

–Pero tu hermano hizo que tocara fondo. Aquella
noche la llevó a su fiesta para que sus invitados se
rieran de ella. Vuestros abogados dijeron que era

responsable de su propio destino, alguien podría haberla ayudado. ¡Tú podrías haberla salvado! Y yo
debería haberme…

–Te estás torturando pensando eso y no sirve de
nada –le dijo Khalid cuando no fue capaz de acabar
la frase.

–¿Cómo puedes decirme eso? –le increpó ella fuera
de sí–. Me mentiste, Khalid. Has estado mintién-
dome desde el día en que volvimos a encontrarnos.
Debería haber hecho caso a mi instinto y haberme
mantenido alejada de ti.

–¿Habrías preferido que hubiera dado más car-
naza a los medios sensacionalistas tras la muerte de
tu madre?

–Habría preferido que dijeras la verdad –le espetó
Millie–. Hace que me pregunte qué más has estado
ocultando –añadió, fulminándolo con la mirada–.
Salvaste a tu hermano de entrar en la cárcel y…

–Lo hice para evitar que mi país se viese arras-
trado por el fango –se defendió él–. Y cuando todo
aquello acabó solo me preocupé por ti.

–Y esperas que yo me lo crea –Millie le dio la
espalda y se cruzó de brazos, como en un intento por
contener sus emociones–. Pues ahora no solo estoy
yo, sino que también hay un bebé de por medio
–añadió volviéndose hacia él–, lo cual supongo que
será muy inconveniente para ti.

–Por supuesto que no –replicó Khalid.

Millie lo miró con escepticismo.

–Imagínate los titulares: «El jeque seduce a la hija
de la víctima de su hermano y están esperando un
hijo».

–Un titular un poco largo –observó él con sorna.

–No bromees con esto –le advirtió Millie.

–Y tú deja de vivir en el pasado. Tenemos un hijo en el que pensar, y el futuro de ese niño es mucho más importante que lo que ocurrió hace años. Los dos hemos tenido un día muy largo. ¿Qué tal si dejamos esta conversación para mañana?

Antes de que Millie pudiera contestar, Khalid se apartó de ella y fue hasta la puerta. La abrió, y se quedó esperando a que se diera por aludida.

–Seguiremos hablando en el desayuno, en el patio a las nueve –le dijo Khalid cuando llegó junto a él.

Millie alzó la barbilla y salió sin decir nada.

Capítulo 14

KHALID había estado vigilándola todos esos años? Millie no sabía si sentirse reconfortada o furiosa. Le había dicho que estaba esperando un hijo y lo único que se le había ocurrido decir era que hablarían de ello por la mañana. Pero... ¿qué pretendía? A ella aquello era lo más grande que le había pasado; no necesitaba tiempo para pensar sobre ello, y le había quedado más que clara la postura de Khalid: no tenía ningún interés por el bebé.

¿Creía que estaba alterada? Pues que se atreviese a intentar sobornarla, si eso era lo que estaba pensando. Entonces sabría lo que era verla enfadada de verdad. No iba a permitir que nadie pusiese precio a su bebé, se dijo furiosa, mientras trataba de alcanzar la cremallera del vestido, que estaba en la espalda, para quitárselo. Pero por más que lo intentaba, no llegaba. Obligada a admitir la derrota, se dio cuenta de que tendría que pedirle a una doncella que la ayudase.

¿A la una de la madrugada? No podía pedirle a nadie que se levantara de la cama para ayudarla a desvestirse. Giró la cabeza hacia el teléfono, recordando que el ama de llaves le había dicho que si necesitaba algo podía pulsar el botón del servicio y alguien la atendería, fuera la hora que fuera. Podría hacerlo, preguntar dónde estaba la sala desde la que atendían las llamadas y acercarse para pedir a quien estuviera allí que le echara una mano.

Tomó el teléfono, pulsó el botón rojo y esperó a que contestaran.

–Hola, soy…

–¿Millie?

Era imposible no reconocer al instante aquella voz profunda y aterciopelada. ¿Por qué estaba Khalid atendiendo las llamadas al servicio?

–¿Ahora también estás espiándome por el teléfono? –lo increpó Millie.

–No. Pasaba por aquí y he oído el teléfono. La empleada del turno de noche no está; ha debido de ir un momento al cuarto de baño –le explicó Khalid–. ¿Ocurre algo?

–Me da un poco de vergüenza contártelo, la verdad.

–¿Tienes un antojo de sándwich de queso, o algo así? –inquirió él con sincero interés–. Tengo entendido que esas cosas son normales en las embarazadas. También hay un cocinero en el turno de noche; puedo pasarte con la cocina para que les pidas lo que quieras.

–No es eso –replicó ella, y añadió, sintiéndose increíblemente tonta–: es que no puedo bajarme la cremallera del vestido.

–Haberlo dicho antes; con eso puedo ayudarte yo –dijo él.

Y antes de que ella pudiera decir nada, colgó. Al rato llamaron a la puerta de la suite y entró Khalid.

–Pasa, pasa, no te cortes –murmuró ella con sorna.

Khalid se rio. ¿Por qué había tenido que hacer eso? Su risa le resultaba tan irresistible...

—Date la vuelta –le dijo.

Cuando los dedos de Khalid le rozaron la nuca, fue como si alguien encendiese una mecha que desencadenó una serie de deliciosos estremecimientos que se extendieron por todo su cuerpo. Dejaría que la ayudase con la cremallera, pero luego tendría que marcharse.

—Estás muy tensa –murmuró Khalid.

Tampoco era de extrañar, después de la conversación que habían mantenido hacía unos minutos, pensó Millie mientras le bajaba la cremallera.

—Ya puedo arreglármelas sola, gracias –le dijo.

Iba a apartarse, pero su voz sonó ronca y nada firme, y, cuando Khalid le rodeó la cintura con los brazos, ya no pudo escapar.

—Estoy seguro de que sí –asintió él–. Pero la cuestión es... ¿seguro que es lo que quieres? –le preguntó en un susurro seductor.

Tenía los labios de Khalid tan cerca de la nuca que podía sentir su cálido aliento en la piel.

—¿Qué estás tratando de decir? –inquirió, dándose la vuelta, y luchando contra esas sensaciones.

—Pues que necesitas descansar y que esta noche dormirás entre mis brazos.

—Estás muy seguro de ti mismo.

Mucho más seguro que ella de poder resistirse a él.

—¿Y tendré que quedarme entre tus brazos hasta que te canses de mí y me eches de tu lado? –Millie ladeó la cabeza y se quedó mirándole–. Me parece que no.

–No entra en mis planes echarte de mi lado –replicó él, tirándole del vestido para bajárselo hasta los tobillos.

Millie, que no se lo esperaba, protestó:

–¿Qué estás haciendo?

–Creo que es evidente –contestó él.

La levantó, agarrándola por la cintura, y arrojó el vestido a un lado de un puntapié antes de dejarla de nuevo en el suelo y apretar una mano contra su pubis.

–Has dicho que íbamos a dormir –lo increpó Millie con voz temblorosa–. Y que hablaríamos mañana por la mañana.

–Y vas a dormir; te lo prometo –contestó él–. Me encanta lo blandita que es esta parte de tu cuerpo –murmuró, acariciándola y apretando los dedos suavemente contra su pubis.

Pronto Millie empezó a sentir que el deseo se apoderaba de ella.

–Sí, está claro que necesitas mis atenciones antes de dormir –murmuró Khalid, tomándola en volandas–. Vamos a la cama, te demostraré cuánto me necesitas.

–¿Y luego?

–Y luego a dormir.

–Me refería a que si luego tú volverás a tu vida y yo a la mía.

–De eso es de lo que hablaremos por la mañana.

–Bájame –protestó ella mientras la llevaba a la cama, pero lo decía con la boca pequeña.

Khalid apartó la sábana con una mano y la depositó sobre el colchón. Luego, sin dejar de mirarla a los ojos, se desnudó. Y entonces Millie supo que estaba perdida. Porque lo deseaba, y quería hacer lo que estaban a punto de hacer, aunque fuera solo una última vez.

Khalid se tendió junto a ella y la atrajo hacia sí.

–No bromeaba con lo de dormir –le dijo–. No quiero oírte decir otra palabra hasta mañana por la mañana.

–Ya. Como que me vas a dejar dormir –murmuró ella.

–Cierra los ojos y duérmete –le ordenó Khalid.

–Lo haré, pero solo si me acaricias.

–Picarona… –murmuró él, colocándose sobre ella.

–Si soy así es por culpa tuya –contestó Millie en un murmullo, y lo rodeó con sus brazos.

Millie parpadeó al ver que la luz del sol se filtraba a raudales por las cortinas.

–¿Qué ha pasado? –murmuró, mirando a su alrededor.

–Que sigues entre mis brazos y no tengo ninguna prisa por levantarme –le contestó Khalid con voz ronca–. Estaba velando tu sueño.

–¿Qué haces? –lo increpó Millie cuando empezó a acariciarla–. Todavía estoy medio dormida.

–Pues dentro de nada te despertaré del todo –le aseguró él.

Continuó acariciándola, mientras la besaba, haciéndola gemir y suspirar, y pronto Millie se encontró presa de su hechizo.

–¿Mejor ahora? –le preguntó Khalid, mientras ella se estremecía de deseo.

–No –protestó Millie jadeante–. Necesito…

–¿Esto? –inquirió él, hundiéndose al fin dentro de ella.

Millie perdió el control de inmediato, y todo pensamiento racional la abandonó. Lo rodeó con fuerza con las piernas, y movió las caderas vigorosamente mientras Khalid los llevaba a ambos al clímax que ansiaban.

Después de hacer el amor se quedaron dormidos de nuevo y, cuando Millie volvió a despertarse, Khalid seguía durmiendo –o eso pensó ella– cuando se bajó de la cama con cuidado para irse a ducharse y vestirse.

–¿A dónde vas? –le preguntó él entonces, haciéndole dar un respingo.

Al volverse, lo encontró mirándola, incorporado sobre el codo y con la barbilla apoyada en la mano.

–A casa.

Hubo una pausa, y Khalid frunció el ceño y le preguntó:

–¿Por qué?

–Porque no tiene sentido que me quede más tiempo –contestó ella–. Los dos sabemos que esto no va a ninguna parte.

–¿O sea, que vas a irte sin que hayamos hablado siquiera del bebé?

–Estoy segura de que harás que tus abogados se ocupen de discutirlo conmigo por ti.

Khalid la miró perplejo.

–Estaré preparada para cuando lleguen –le prometió ella muy calmada, aunque se sentía como si el corazón se le estuviese resquebrajando.

–Pero… ¿qué estás diciendo?

–Pertenecemos a mundos muy distintos –le dijo Millie–. Además, ¿no tienes un matrimonio concertado en perspectiva?

Esperó la respuesta de Khalid con el corazón en un puño. Podía soportarlo, se dijo con firmeza. Respondiera lo que respondiera, lo soportaría.

–Hay algo que debería haberte dicho antes –murmuró Khalid, bajándose de la cama y yendo hacia ella.

Millie se preparó para lo peor.

–La noche antes de la fiesta en palacio estuve muy ocupado haciendo unas llamadas –comenzó a decir Khalid, deteniéndose frente a ella.

–¿A quién? –inquirió ella, tremendamente tensa–. ¿Estabas…? –tuvo que hacer acopio de valor para pronunciar las palabras–. ¿Estabas discutiendo con alguien un posible matrimonio?

–Así es –admitió él.

Millie dio un paso atrás, y Khalid la asió por los brazos al verla tambalearse ligeramente.

–Estaba discutiendo nuestro matrimonio.

–¿Qué? –inquirió ella con un hilo de voz.

–Lleva tiempo modificar la Constitución de un país –le explicó Khalid, mientras ella lo miraba anonadada–. Pero lo he conseguido; se va a introducir una modificación que permitirá que de ahora en adelante el monarca de Khalifa pueda escoger por esposa a la mujer que elija. He abierto un camino no solo para nosotros, sino también para nuestros hijos, y para todas las generaciones futuras.

–¿Lo has hecho por mí? –inquirió ella en un susurro.

–Sí, Millie. Por ti.

–No sé qué decir –murmuró ella.

–Eres una mujer que ha luchado por tener una carrera y salir adelante por sí misma, y eres una inspiración para todos los que te conocen –le dijo Khalid–. Y, además, eres la madre de mi hijo –añadió con una sonrisa–. ¿Acaso necesito más razones?

«Quizá una más», pensó Millie.

–Y te quiero –dijo Khalid.

«¡Sí!».

–Y no se me ocurre nada más importante que eso. ¿Y a ti?

A ella tampoco.

–¿Entonces…?

–No voy a dejar que te vayas a ninguna parte –murmuró Khalid, rodeándola con sus brazos–. Te quedas aquí conmigo.

Millie, que apenas podía contener la dicha que sentía, lo provocó diciéndole:

–Bueno, si vas a retenerme aquí como prisionera…

Khalid se rio y la levantó, haciéndola girar con él.

–No puedo creerme que tú, el poderoso jeque de Khalifa, estés enamorado de mí, una estudiante de Ingeniería con un trabajo de media jornada en una lavandería –murmuró ella cuando la dejó en el suelo.

Khalid la besó con ardor.

–No: un hombre llamado Khalid está enamorado de una mujer que se llama Millie –la corrigió–. Y eso es todo.

–Y entonces, ¿qué propones?

Él echó la cabeza hacia atrás para mirarla.

–Pues que nos casemos, por supuesto.

–¿Lo dices en serio? –musitó ella.

Khalid hincó una rodilla en el suelo.

—Cásate conmigo, Millie —le dijo en un tono muy distinto—. Quédate a mi lado para siempre.

—¿Como tu reina? —balbució ella, aún aturdida.

—Como mi esposa —la corrigió Khalid—. Eres la única mujer con la cualificación necesaria para ocupar ese puesto.

—¿Y qué cualificación es esa?

—Que me quieres.

—Bueno, eso es verdad —admitió ella—. Tanto que a veces me duele el corazón.

—¿Eso es un «sí»? —quiso saber Khalid, cuyos ojos brillaban con cariño y con humor—. ¿Puedo incorporarme ya?

—Entonces… ¿lo de casarnos va en serio?

—Nunca había hablado tan en serio —asintió él—. Ningún hombre podría amarte como yo te amo. Pienso pasar el resto de mi vida a tu lado, y quiero que todo el mundo sepa que te adoro. Y tú la primera —añadió con suavidad, tomando el rostro de Millie entre sus manos.

—¿Y qué pasa con mis estudios?

—Podrás terminarlos en una de las mejores facultades de Ingeniería del mundo.

—En Khalifa —adivinó ella.

—Exacto. Si tú quieres.

—Me encantaría.

Mientras se miraba en sus ojos negros, Millie supo que jamás habría ningún otro hombre en su vida que pudiera compararse con él, y que, independientemente de qué más tuviera que contarle Khalid sobre el pasado, tenían toda una vida por delante para hablarlo y afrontarlo.

–Te quiero tantísimo… –murmuró–. Me enamoré de ti en el momento en que apareciste aquella noche, como un ángel vengador adentrándose en las entrañas del infierno al subir a bordo de *El Zafiro*.

–Yo también te quiero muchísimo –respondió Khalid, mientras la hacía retroceder de espaldas hacia la cama–. Tanto que para demostrártelo me llevará toda la vida.

–Pues tendrás que empezar ya, ¿no? –le dijo ella con picardía.

–Desde luego –asintió él con una sonrisa lobuna.

Capítulo 15

LA LLEGADA de Millie y Khalid a Khalifa supuso una celebración por partida doble. Antes de que su jet privado aterrizara, Millie se cambió los vaqueros y el top que llevaba por un vestido corto de verano y un sombrero de paja. Khalid, por su parte, vestía su regia túnica en negro y oro y una *kufiyya* blanca, el pañuelo tradicional, ceñido con su *agal*, un grueso cordón.

En una limusina descapotable recorrieron las calles, engalanadas con banderas, en medio de los vítores de la población, que celebraba a la vez el regreso de su amado monarca, y el descubrimiento de una nueva veta de zafiros en las minas de Khalifa. Khalid le había dicho que según los ancianos era un signo de que ella, su prometida, que pronto se convertiría en su esposa, iba a deparar buena suerte al país.

–Nunca había sido tan feliz –le había confesado Millie–. Sé que me quieres y para mí eso es más que suficiente –le había dicho, cuando Khalid se había llevado sus manos a los labios para besarle los nudillos.

Y eso mismo le había dicho Millie cuando le había puesto en el dedo el fabuloso anillo que le había regalado para sellar su compromiso. Khalid le había asegurado que lo había escogido porque el zafiro que tenía engarzado era del color de sus ojos. Era un zafiro azul, enorme y perfecto, rodeado de pequeños diamantes que relucían a la luz del sol.

—Los zafiros pueden representar muchas cosas –le había dicho Khalid, cuando ella había protestado, diciéndole que era demasiado, y que con su amor le bastaba–. Para algunos no representan más que avaricia, y el dolor que pueden acarrear, mientras que para otros son el símbolo de toda una vida feliz por delante, y eso es lo que este anillo simbolizará para ti.

Millie estaba segura de que así sería, de que aquel sería el comienzo de una maravillosa vida juntos. El pasado ya no la afectaba; el amor que se tenían había alejado las sombras de ese pasado.

—Uno de mis pilotos te llevará al oasis –le anunció Khalid, cuando la limusina se dirigió al helipuerto–. Me reuniré contigo mañana. Allí podremos tener intimidad.

—¿Intimidad?, ¿en el desierto? –repitió Millie, pensando en la interminable extensión de dunas.

—Vayamos donde vayamos, lo importante es que podremos estar a solas.

La mirada de Khalid cuando se despidieron al pie de la escalerilla del avión hizo que el corazón de Millie palpitara con fuerza. Todavía le parecía increíble que fuera a casarse con él.

—Se me hará eterno esperar hasta mañana –le susurró.

—Me aseguraré de recompensar tu paciencia como te mereces –le dijo Khalid con picardía.

Iba a ser la boda perfecta, con los invitados perfectos y el novio perfecto, pensó Millie, llena de nervios, mientras su amiga Lucy le alisaba la falda del hermoso vestido de novia, y la señorita Francine le colocaba la tiara de diamantes y zafiros. Khalid solo había hecho una petición respecto a su atuendo, y era que Millie prescindiera del lápiz que solía llevar en el pelo, y luciera aquella tiara para la ceremonia.

Las tres estaban aún riéndose por el original regalo de bodas que le había hecho –una caja de herramientas– para que supiera que, aunque iba a ser la esposa del jeque, podría seguir arreglando calderas de vez en cuando, si así lo deseaba. Pero eso no era lo único que le había regalado; también había encontrado un poni, blanco como la nieve, esperándola a su llegada al oasis. Y, cuando se había reunido con la señorita Francine, Lucy y otras amigas en la tienda en la que se estaba preparando para la boda, le estaba esperando un cofre de oro con zafiros incrustados en la tapa, y cuando lo había abierto había descubierto que contenía fabulosas joyas y también un puñado de lápices.

Pero el mejor regalo había sido enterarse de que se había salvado la lavandería de la señorita Francine, y que se estaban haciendo todos los trámites para convertirla en una franquicia de éxito.

Aunque lo mejor del día fue salir de la tienda y encontrarse a Khalid esperándola a lomos de Burkan.

–Se supone que no deberías ver mi vestido antes de la ceremonia –protestó Millie.

–Demasiado tarde –replicó él–. Además, es el día de nuestra boda –añadió, tendiéndole la mano.

Millie la tomó, Khalid la ayudó a montar con él sobre el fiero corcel y, seguidos a pie por la señorita

Francine, sus amigas, músicos y el séquito real, se dirigieron en procesión a la orilla de la laguna, donde se había levantado una gran carpa blanca en la que se oficiaría la boda.

Epílogo

*Ocho años después, con Millie ya licenciada,
cuatro hijos, y otro recién nacido...*

–¿Y ese lápiz que llevas en el pelo? –le preguntó
Khalid a su hija mayor.

Luna, la preciosa y habladora niñita de siete años,
consultó el cuaderno que llevaba en la mano y frunció el ceño.

–El sistema de aire acondicionado de todo el palacio necesita un repaso –informó a su padre, imi-
tando el tono idéntico de su madre cuando estaba
trabajando en un proyecto.

–Pues conozco a la persona perfecta para supervisar esas tareas –dijo Khalid, pasándole la mano por
la cintura a Millie y atrayéndola hacia sí.

–No necesito que lo supervise nadie, puedo hacerlo sola –le aseguró Luna.

–¿Sin ayuda de tus hermanos? –bromeó Khalid–.
Anda, a la cama.

Millie lo ayudó a convencer a Luna y a los demás
niños para que desfilaran a sus habitaciones, y cuando
se quedaron a solas Khalid murmuró, lanzándole una
mirada seductora a su esposa:

–Es la hora de los adultos.

Mientras admiraba lo sexy que estaba su marido

con los vaqueros y el polo que llevaba, Millie se preguntó si alguna vez llegaría a saciar el deseo que despertaba en ella. Le había enseñado a amar, a confiar… y también unas cuantas cosas increíbles sobre el sexo.

Estaban cerca del estudio de Khalid, y él la tomó de la mano para llevarla hacia allí.

–Es una parte muy importante del matrimonio –le susurró, cerrando tras ellos cuando entraron.

–Jamás lo discutiría –dijo ella–. Pero debo recordarte… –murmuró, cuando la besó en el cuello y la arrinconó contra la puerta– que dentro de menos de una hora celebramos un banquete real.

–Pues entonces tendremos que darnos prisa –contestó él, que ya estaba desvistiéndola–. Tú concéntrate y déjame hacer a mí.

Apenas la había tocado y Millie ya estaba a punto de perder el control.

–Me has convertido en una ninfómana –murmuró.

–¿No será que estás embarazada otra vez? –inquirió él–. Eso siempre te dispara la libido.

–Eres tú el que haces que se me dispare –lo corrigió ella.

–Eso también es verdad –asintió Khalid.

–Un poco de modestia por tu parte no estaría mal.

–Pero entonces no te gustaría porque no sería yo –bromeó él, atormentándola con sus caricias–. ¿Lo estás? ¿Estás embarazada?

–No me extrañaría –dijo Millie.

–Bueno, ya seguiremos hablando de eso luego –murmuró Khalid–. Ahora hay cosas más urgentes de las que ocuparse.

–Sí, Majestad –asintió Millie con una sonrisa.

–Solo consigo que me obedezcas cuando hacemos el amor –se quejó Khalid, levantándola.

–Y deberías estar agradecido –lo provocó ella.

Un gemido escapó de sus labios cuando la poseyó. Jamás se cansaría de aquel hombre. Era su vida, su amor… lo era todo para ella.

–Eres muy, muy malo –murmuró cuando Khalid empezó a mover las caderas.

–Sí, sí que lo soy –asintió él–. Suerte que he encontrado a una mujer tan mala como yo.

Bianca

Podía intentar resistirse todo lo que quisiera, pero Asad sabía que solo era una cuestión de tiempo que la seductora pelirroja volviera a su cama

EL CORAZÓN DEL GUERRERO DEL DESIERTO

Lucy Monroe

El jeque Asad estaba dispuesto a hacer lo que tuviese que hacer para asegurar su legado en Kadar. Porque bajo el traje de chaqueta italiano latía el corazón de un guerrero del desierto. Iris Carpenter se quedó de piedra al ver al hombre que la recibió en Kadar; el hombre que le había roto el corazón seis años antes. Su aspecto era más impresionante que entonces e incluso más peligroso. Especialmente cuando los penetrantes ojos oscuros, tan ardientes como el sol del desierto, se clavaron en ella.

Acepte 2 de nuestras mejores novelas de amor GRATIS

¡Y reciba un regalo sorpresa!

Oferta especial de tiempo limitado

Rellene el cupón y envíelo a
Harlequin Reader Service®
3010 Walden Ave.
P.O. Box 1867
Buffalo, N.Y. 14240-1867

¡Sí! Por favor, envíenme 2 novelas de amor de Harlequin (1 Bianca® y 1 Deseo®) gratis, más el regalo sorpresa. Luego remítanme 4 novelas nuevas todos los meses, las cuales recibiré mucho antes de que aparezcan en librerías, y factúrenme al bajo precio de $3,24 cada una, más $0,25 por envío e impuesto de ventas, si corresponde*. Este es el precio total, y es un ahorro de casi el 20% sobre el precio de portada. ¡Una oferta excelente! Entiendo que el hecho de aceptar estos libros y el regalo no me obliga en forma alguna a la compra de libros adicionales. Y también que puedo devolver cualquier envío y cancelar en cualquier momento. Aún si decido no comprar ningún otro libro de Harlequin, los 2 libros gratis y el regalo sorpresa son míos para siempre.

416 LBN DU7N

Nombre y apellido	(Por favor, letra de molde)

Dirección	Apartamento No.

Ciudad	Estado	Zona postal

Esta oferta se limita a un pedido por hogar y no está disponible para los subscriptores actuales de Deseo® y Bianca®.
*Los términos y precios quedan sujetos a cambios sin aviso previo.
Impuestos de ventas aplican en N.Y.

SPN-03   ©2003 Harlequin Enterprises Limited